L'île aux deux visages

Philippe Vainqueur

L'île aux deux visages

roman

ÉDITIONS BoD

« Les personnages et les situations de ce récit étant purement fictifs, toute ressemblance avec des personnes ou des situations existantes ou ayant existé ne saurait être que fortuite. »

« Tous droits de traduction, d'adaptation et de reproduction sont interdits »

© 2021 Vainqueur, Philippe
Édition : BoD – Books on Demand, 12/14 rond-point des Champs-Élysées, 75008 Paris
Impression : BoD - Books on Demand, Norderstedt, Allemagne
ISBN : 9782322198290

Table des matières

1. Opérations délicates............... 11
2. Escapades nocturnes...............27
3. Entre amis...............39
4. Contre toute attente 61
5. Éternels souvenirs 73
6. Un air de vacances 87
7. De surprise en surprise...............107
8. Escapades en amoureux...............121
9. Surprenantes révélations 137
10. Curieux binôme............... 165
11. L'île « rocher »............... 181
12. Le secret de l'île 197
13. Travail d'équipe 213
14. Plan dangereux 225
15. Nouveaux départs............... 239
16. La maison de Fisher............... 253
17. La convocation 265

Épilogue............... 277

1

— Opérations délicates —

Jeudi 11 juillet
1968, 20 h 17.

La porte s'ouvrit et se referma tout aussi vite. L'étrange silhouette, cagoulée, sombrement vêtue, pénétrait dans la maison. Immobile, elle vérifia l'absence de ses occupants. Le mouvement du balancier d'une horloge rompait à lui seul, le silence de la demeure. Le personnage se déplaça le long du corridor, en direction de l'escalier pour atteindre l'étage. Sans manifester d'émotion, munie de sa lampe torche, il se hissa à pas feutrés tel un félin. Très rapidement, il arriva dans la pièce où se situait l'objectif de sa visite. Large de deux mètres, sur une hauteur d'un bon mètre, un magnifique paysage de bord de mer rendait admiratif notre hôte improvisé. Le subtil mélange des couleurs de ce tableau agrippait de toute évidence les âmes romantiques. Il s'approcha sans un bruit, enleva un gant et tâta du bout des doigts, avec précaution, les différents reliefs de la peinture. Il semblait vouloir apprivoiser celle, qui allait bientôt devenir sa propriété. Il cessa de contempler sa victime et regretta de ne pas pouvoir profiter plus longtemps de cet instant. Il opéra, non sans dissimuler un sourire aux commissures. Doté d'un scalpel, dont il savait faire usage avec virtuosité, il découpa soigneusement les contours de la toile. Il enroula celle-ci et la mit dans un étui approprié. Cette délicate chirurgie ne prit pas plus de cinq minutes. Une fois l'objet du délit harnaché autour de sa taille, notre habile voleur quitta les lieux, comme une ombre. Au-dehors, le vent violent omniprésent restera le seul témoin de ce furtif évènement.

Quelques minutes plus tard, dans le bureau de Robert Fisher, le shérif du comté.
— Ouah ! Quel temps ! s'exclama Brooks, après avoir refermé la porte à toute vitesse.
Le sergent s'essuya les pieds et traversa les pièces. Il se débarrassa de son coupe-vent, tout ruisselant d'eau, et l'accrocha au porte-manteau.

Tout en s'amusant à tâter son étoile, Fisher parcourrait avec une sorte de désinvolture le dossier d'une affaire en cours. Puis, il leva les yeux vers son subalterne, pour l'interroger sur sa mission.

— Alors ? C'est fait ? Personne ne t'a vu ?

— Oui ! J'ai procédé comme d'habitude. J'ai mis les provisions et les journaux. Mais, chose étrange, pas la moindre présence de Duncan !

— Pff ! Manquait plus que cela. Où est-il parti sous ce déluge ? Questionna-t-il, inquiet. Il reposa le dossier.

— Allez donc savoir, avec ce genre de type.

Brooks, fidèle à lui-même, ne se souciait pas de ce type de détail. Il prit une tasse de café pour se réchauffer.

Un beau labrador, couleur sable, les scrutait du regard.

— C'est le chien de Katerman ? Il ne semble pas avoir peur de l'orage.

— Oui ! Normalement c'est Jim qui doit le garder. Mais il est sorti avec ses amis. J'espère que lui aussi ne va pas créer des problèmes.

Il se grattait nerveusement le cuir chevelu.

— D'ailleurs, je ne vais pas tarder à le ramener.

Il prit la laisse et de son pas nonchalant, s'approcha de la fenêtre pour contempler au-dehors.

— Ha ! C'est votre fils, à seize ans, il veut s'amuser. Et puis, si l'on garde ce chien, c'est pour la bonne cause. Non ?

Depuis la mort de sa femme, Robert Fisher avait perdu de son assurance. Les rapports avec Jim étaient tendus. En outre, son statut conférait une responsabilité, parfois lourde à porter. Brooks affichait un portrait tout opposé. Il s'efforçait de rester optimiste, en toute circonstance. De nature dynamique, il employait des méthodes modernes, privilégiant l'action à la réflexion. Cela engendrait dans certains cas quelques conflits et désaccords. Toutefois, sensible au drame qui touchait son supérieur, il favorisait le mieux possible l'entente.

— Inutile de me le rappeler. Ce soir, Bluetown s'apparente à une cocotte-minute, qui risque d'exploser à tout moment.
Il s'essuya vigoureusement le front et après un silence qui parut interminable :
— Je souhaite que l'intervention sur le petit se passe bien.

Au même moment, à l'autre bout de la ville…

Les yeux tournés vers le plafond du bloc opératoire, un groupe d'hommes et de femmes écoutaient le clapotis de la pluie. L'orage avait commencé depuis plus d'une heure. Tous espéraient qu'il allait prendre fin, assez rapidement, car il engendrait un vacarme insoutenable. Ils s'observaient les uns, les autres, cherchant dans le regard de chacun une quelconque solution. Prisonniers de la nature déchaînée, ils attendaient, figés et angoissés, une accalmie.

Soudain, comme par magie, le bruit diminua d'intensité. À travers les masques des infirmières, il s'échappa un soupir de soulagement. Le froissement des blouses se distinguait de manière intempestive. Les murs, tapissés de blanc, renvoyaient la puissante lumière du néon, surplombant le jeune enfant. À présent, tous s'affairaient autour de la table où reposait, depuis plus de trois heures, le petit Tom. Le silence était enfin de retour.

L'averse qui tombait incessamment, sur le toit de l'hôpital, rendait les choses plus compliquées que prévu. Heureusement, l'opération était sur le point d'être terminée. Habitué aux situations difficiles, le chirurgien, imperturbable, maintenait toute sa concentration. La température du bloc ne dépassait pas quinze degrés. Les yeux rivés sur les appareils électroniques, il s'assurait que la santé de son jeune patient demeurait toujours bonne. La longue intervention, capitale pour l'enfant, se présentait comme l'une des plus compliquées qu'il avait réalisée, jusqu'à lors. Des gouttes de sueur perlaient sur son front. Attentive, l'infirmière la plus proche devait l'éponger, de temps en temps. En outre, dans ces circonstances, tout le personnel prenait beaucoup plus de précautions que d'ordinaire.

Âgé de dix ans, au visage angélique, Tom fait partie de ceux qui aiment profiter de la vie, à chaque instant. Issu d'une famille modeste, et parce qu'il a reçu une bonne éducation, il était devenu un être joyeux, dynamique et sociable. Malheureusement, ce qui prédominait dans sa personnalité, c'était ce cœur trop faible, pour satisfaire ses multiples péripéties.

Peter et Sarah, ses parents, attendaient patiemment dans une pièce, spécialement réservée. Six mois auparavant, la santé de leur fils s'était brusquement dégradée. Ils n'eurent plus d'autre choix que celui d'envisager, sur leur enfant, ce dernier recours. Aux problèmes financiers, s'ajoutaient de nombreux examens préopératoires, angoissants. De surcroît, trouver un donneur compatible engendrait une condition incontournable à remplir. Cependant, depuis l'arrivée de l'éminent chirurgien dans la ville, il y a maintenant quatre mois, la famille avait regagné quelques espoirs. Fort heureusement, en ce mois de juillet, la chance leur avait enfin souri. Le cœur, tant recherché, apparut. Ensuite, très rapidement, Katerman constitua une solide équipe, particulièrement préparée pour ce difficile travail.

Alan Katerman n'est pas un homme comme les autres. Grand spécialiste des transplantations cardiaques, il venait d'obtenir, depuis peu, une réputation mondiale. Son éblouissante carrière fut liée aux nombreuses années d'efforts. En conséquence, on sollicitait ses services pour les opérations qui s'avéraient trop délicates.

Maintenant, le praticien effectuait les dernières auscultations, dans le but de déceler un éventuel problème. Pendant ce temps, Dorothy, la psychologue, rassurait les parents. Elle leur certifiait qu'ils ne devaient avoir aucune crainte, à l'égard de la transplantation, s'appuyant sur les exploits du talentueux chirurgien. Tout en discutant, ils s'approchèrent du bloc.

De la nervosité apparaissait dans l'attitude de la maman, elle commença à manifester son impatience. Elle ne pouvait plus tenir en place. Son mari essaya, en vain, de la calmer. Elle tournait la tête, tantôt à droite, tantôt à gauche. Son regard alternait la psychologue et son petit garçon, qu'elle entre-apercevait au travers de la porte du bloc.

C'est à ce moment précis que tout s'accéléra. Le personnel se déplaça de plus en plus vite. Qui pouvait expliquer un changement, si soudain ? Dans le couloir, les parents restèrent figés, comme de simples spectateurs. Pouvions-nous envisager une complication ? Cette agitation était-elle normale ?
Cela ne rassurait pas du tout la maman, qui demanda angoissée :
    — Que se passe-t-il ? Y a-t-il un problème ?
    — Rassurez-vous, tout est normal. Les infirmières se préparent à quitter la pièce, pour emmener le petit dans la chambre de réveil.

— Mais oui ! Ma chérie ! Ne t'inquiète pas, tout va bien se passer.

Brusquement, les portes du bloc s'ouvrirent, laissant passer une sorte de table roulante, accompagnée par deux infirmières. À présent, Tom était tout emmitouflé, dans une couverture chauffante. Son visage très pâle nous laissait, néanmoins, planer quelques incertitudes sur le succès de l'opération. Sarah s'était blottie contre l'épaule de son mari, et sans un mot, sanglotait à chaudes larmes. Elle suivait du regard le chariot, s'éloigner dans le long couloir de l'hôpital. Elle releva la tête et aperçut les yeux larmoyants de son mari. Cherchant absolument à se rassurer, elle désira parler au chirurgien. En un geste, elle se dégagea et se dirigea, d'un pas décidé, vers l'entrée du bloc.

— Où allez-vous ? intervint Dorothy.
— Je veux parler au chirurgien !
— Je suis désolée, mais pour le moment, cela ne va pas être possible.

Peter s'efforça de la maintenir à l'écart du docteur, faisant preuve de force, pour l'en empêcher. La psychologue se plaça devant elle. Devant le refus de son mari, Sarah n'insista pas et fit demi-tour. Il la saisit par la taille et l'emmena loin de ce lieu, si éprouvant.

Le restant du personnel rangeait le matériel du bloc. Katerman avait les yeux rivés sur la table de travail, comme s'il examinait encore le petit. À quoi pensait-il ? Personne ne pouvait le savoir. Une opération d'une telle ampleur ne laissait jamais personne insensible.

À présent, la majorité du personnel était partie, excepté une jeune infirmière, étudiante, qui l'attendait, patiemment, sur le seuil de la porte.
— Docteur ! Vous venez ?
— Hein ! Quoi ? balbutia-t-il.
À cet instant, il prit conscience qu'il n'y avait plus que lui dans la pièce.
— Heu ! Oui, j'arrive !
Il suivit la jeune femme qui s'empressa d'éteindre les lumières du labo, afin de clore, définitivement, ce douloureux événement.

Dans le couloir, il n'y avait plus personne. Les parents étaient, certainement, repartis chez eux. Adossé contre le mur, il se remémora toute l'opération, dans ses moindres détails, afin de discerner une éventuelle erreur de sa part. Toutefois, après quelques instants, un sourire apparut sur son visage qui confirma que, selon lui, tout s'était heureusement bien passé.

Silencieuse, la jeune femme l'observait. Ce sourire s'adressait-il à elle ? Alan Katerman possède un physique et un charme qui sont loin de laisser indifférente la gent féminine. Bien que timide, elle voulut en avoir le cœur net. Elle osa rompre le silence.

— Alan ! Est-ce moi qui te fais sourire ainsi ?

— Pardon ? Heu ! Non ! Désolé, je pensais à l'opération.

À cette seconde, elle s'aperçut de la sottise qu'elle venait de commettre. Le sourire qu'elle lui avait renvoyé se figea instantanément. De par sa naïveté, elle venait d'employer des termes, un peu trop familiers avec le médecin. En conséquence, elle décida au plus vite de se corriger :

— Excusez-moi, docteur Alan ! Je voulais tout simplement dire que vous avez fait du très beau travail !

— Merci ! s'empressa-t-il de dire.

Il la regardait dans les yeux, avec une certaine pointe ironique. Son visage, souriant et presque déconcertant, paralysait la jeune femme. Elle ne pouvait plus cacher le trouble qu'il lui avait provoqué. Ses joues changèrent de couleur. Désarçonnée et agacée par sa propre attitude, elle partit brusquement en direction des vestiaires.

Maintenant, seul dans le vaste couloir, il se décida à quitter les lieux. Il lui fallait, à présent, regagner son domicile. Tout en enlevant sa blouse, il se dirigeait vers l'ascenseur. Pendant qu'il rejoignait le rez-de-chaussée, il tâta le fond de ses poches, à la recherche des clés de vestiaire. Il se rappela alors qu'il devait les récupérer à l'accueil, car tout objet personnel est exclu dans le labo. L'hôpital, à cette heure tardive, était désormais silencieux. Seuls quelques bureaux restaient éclairés. Il traversa rapidement le long couloir, qui le séparait de l'accueil principal. Il voulait signaler à Carol, la standardiste, qu'il allait rentrer chez lui.

Arrivé sur place, une jeune femme était assise à son bureau. Dans la pièce qui l'entourait, de nombreux formulaires de diverses couleurs jonchaient par-ci, par-là. Prisonnière par d'épaisses vitres, elle apparaissait comme un poisson, au milieu d'un aquarium géant. La tête baissée, probablement préoccupée par son travail, elle ne remarqua pas sa présence. Il s'annonça en tapant au carreau, ce qui la fit sursauter.

— Oh ! Tu m'as fait peur ! Excuse-moi, Alan ! Je ne t'ai pas entendu arriver.

La porte entrouverte laissait échapper une douce mélodie. Carol aimait bien rompre le silence monotone de ses nuits, en écoutant de temps à autre, sa radio. Comme à son habitude, elle affichait un grand sourire, donnant à son visage plein de fraîcheur et d'éclats. Jolie femme, aux cheveux châtain clair, le subtil mélange de son maquillage était en parfaite harmonie avec son petit foulard, aux couleurs pastel. Préférant la jupe aux pantalons, elle s'habillait toujours de façon très soignée, sans artifices ou des tenues ambiguës. Après sa rude journée, elle représentait sans aucun doute, une bouffée d'oxygène.

— Désolé, car loin de moi était l'intention de vouloir te faire peur. Il se fait tard et la fatigue commence à se faire ressentir, je vais donc me rentrer.
— Bien ! Bonne décision ! répondit-elle avec son grand sourire.
De nature discrète, elle préférait ne pas trop s'intéresser à la vie privée de ceux qu'elle côtoyait. Toutefois, ce soir-là, elle ne put s'empêcher de faire allusion à l'opération du petit garçon.

— Dis-moi ! Avant que tu partes, juste un mot. Tom !

Le regard de la jeune femme exprimait un sentiment de malaise, comme de la crainte. Ayant beaucoup d'estime pour elle, il préféra mesurer ses propos.

— Je pense qu'il est maintenant hors de danger. C'est un solide garçon. Tu peux être rassurée, car j'ai constitué, autour de lui, une bonne équipe. Ainsi, il va vite se rétablir.

— Ha ! Me voilà soulagée, je vais enfin pouvoir dormir, tranquillisée !

— À propos de dormir !

Il la regardait avec ses yeux rieurs.

— Oui ! C'est vrai, tes clés ! Excuse-moi, je te retarde. Tiens ! Les voici. Je te souhaite une bonne nuit !

Il fit un geste de la main, au niveau du front, comme s'il s'adressait à un chef militaire. La porte de cette étrange prison de verre s'était, sans bruit, déjà refermée. Désormais, elle ne pouvait plus l'entendre. Toutefois, en lisant sur ses lèvres, elle devina qu'il lui souhaitait également une bonne nuit. Par jeu, elle lui dédicaça un dernier sourire, avant de plonger, de nouveau, sur ses inséparables formulaires. Clés en main, il se dirigea sans plus tarder, vers son vestiaire, laissant apparaître un léger sourire.

Habillé de son vieux compère de blouson marron, l'écharpe lui masquant une partie du visage, il sentait l'air frais au fur et à mesure, qu'il avançait vers la sortie. À chaque ouverture des portes automatiques, la chaleur s'échappait par le hall de l'hôpital. Une fois dehors, un vent glacial lui fit face. Le magnifique temps, des semaines passées, évoquait déjà un vague souvenir. En outre, les feuilles qui recouvraient la plupart des chemins d'accès, au parking, corroboraient avec la violence de l'orage. Une centaine de mètres le séparait de la voiture. C'était une sorte de pick-up, qu'il avait pris en location, pour la ville et ses environs, pendant toute la durée du séjour.

Dans la nuit noire, hormis quelques insectes qui voltigeaient, dans la lumière des lampadaires, il ne distinguait pas grand-chose. Ses yeux prirent quelques instants pour s'habituer à l'obscurité. La journée devenait éprouvante et fastidieuse. Il sentait la fatigue l'envahir à nouveau. Il n'avait qu'une hâte, celle de se mettre au chaud. Aussi, il accéléra le pas. Enfin, au contour d'un buisson, il découvrit son véhicule, salvateur de ce mauvais temps. Une petite pluie fine rentrait, insidieusement, dans ses vêtements.

Il monta sans tarder, s'essuya le visage tout humidifié, démarra et s'éloigna. Bien content de quitter ces lieux, il avait le sentiment d'avoir réussi la mission, confiée. À présent, on ne distinguait plus que la faible lueur des phares d'un petit pick-up, dans cette nuit obscure de ce 11 juillet.

2

— Escapades nocturnes —

Dix kilomètres séparent l'hôpital du domicile de Katerman. Toutefois, il existe une route secondaire, sinueuse, qui longe la côte. Les îles environnantes offrent de magnifiques panoramas, contrairement à Mountain Valley, localité où il a vécu une grande partie de son enfance. Le soir, les derniers rayons du soleil viennent s'effacer dans la mer tumultueuse. Probablement pour profiter de ce charmant paysage, il décida de prendre ce trajet.

La visibilité sur la route était mauvaise, ce qui rendait la conduite difficile. Au volant de son pick-up, il essayait au mieux de se frayer un passage, dans cette nuit obscure. Il était presque vingt et une heure. Pour seul réconfort, il ne possédait que la chaleur de son habitacle. Les yeux rivés sur le tracé que lui dictaient ses phares, il réalisait l'erreur d'avoir choisi ce retour, si imprudent. Sur le tableau de bord, quelques photos étaient posées en vrac, souvenirs de son passé. Parmi elles, le visage d'une jeune femme souriante, aux cheveux châtain clair, se répétait de nombreuses fois.

La lumière des phares faisait entr'apercevoir un muret, sur le bas-côté. Il séparait la chaussée de l'océan. En contrebas, les bruits assourdissants, des vagues étaient perceptibles depuis la route. Elles déferlaient, avec violence, sur les rochers. Dans cette mer déchaînée, les reflets du soleil, à sa surface, apportaient une touche de poésie. Pour les âmes romantiques, ce spectacle saisissant était magnifique. La couleur bleuâtre, dominant ce tableau, devait être à l'origine du nom de la ville juxtaposée : Bluetown.

Les touristes avaient grands plaisirs à observer toutes ces îles, situées à quelques kilomètres de la côte. L'une d'entre elles se distinguait, par son aspect original. Elle donnait l'apparence d'un immense rocher, sur lequel on avait enraciné une grande étendue d'arbres. Toutefois, à cette heure tardive, les derniers rayons du soleil avaient bien du mal à se montrer au travers de cette forêt suspendue. L'île apparaissait, dans ces circonstances-là, sous un autre visage. Elle semblait beaucoup plus fantasmagorique, plus angoissante qu'auparavant.

Alan, depuis le début de son séjour, était attiré par cette île hypnotiseuse. Néanmoins, il se devait d'être le plus vigilant possible. La fatigue, omniprésente, le faisait bailler de plus en plus souvent ; À tel point qu'il dut fixer son attention sur quelque chose, pour ne pas s'endormir. Malheureusement, la route ne lui apportait aucune aide, si bien qu'il risquait l'endormissement. Aussi, pour se changer les idées, il se décida à regarder ses photos souvenirs, plus précisément celles de la jeune femme. Il se remémora.

L'action se déroulait en Californie, dans une jolie petite ville, calme et paisible, aux pieds des montagnes. Mountain Valley était le petit havre de paix, où résidaient Leslie Scott et Alan Katerman. Elle avait vingt ans et espérait réaliser tous les rêves qui fourmillaient dans sa tête. Audacieuse, sauvage, moderne étaient les mots qui la caractérisaient le mieux, mais elle restait, cependant, bien mystérieuse. Lui, c'était un jeune homme de vingt et un an, issu d'un orphelinat. N'ayant aucune ambition, il se contentait de profiter des plaisirs de la vie, au détriment parfois de ses études. C'était un garçon sportif, intrépide, robuste, au regard sombre et dont l'aspect physique suscitait, parfois, quelques jalousies. L'apparition de la nouvelle école universitaire, en cette année 1953, avait donné un essor considérable, pour la jeune population. C'est ainsi qu'ils se retrouvèrent, tous deux étudiants, dans cette université, souhaitant faire carrière dans le domaine médical.

Ce fut, sauf erreur, un lundi après-midi que tout commença. Dans un beau ciel bleu, le soleil réchauffait au travers de la vitre, le cours de chimie où lui-même et quelques-uns de ses amis, se faisaient un malin plaisir de dissiper la classe. Malgré l'autorité de leur professeur, cela n'empêchait pas certains de jouer avec les tubes à essai, créer des réactions chimiques amusantes pour se faire remarquer. Leslie, assise dans les premiers rangs, était très sensible aux pitreries et ne pouvait s'empêcher de rigoler, le plus discrètement possible. Monsieur Baker, avait de façon générale une grande patience avec ses élèves. Toutefois, alors que sa craie blanche remplissait le tableau de formules, il se décida à intervenir :

— Monsieur Katerman ! Quand vous aurez décidé d'arrêter vos galéjades, nous pourrons peut-être poursuivre le cours.

— Ça veut dire quoi « galéjade » monsieur ? Demanda un des élèves du premier rang, ahuri.

Le professeur se tourna face à la salle. Il montra un air de satisfaction dans les yeux, à la vue de cet auditoire ignorant. Les joues creuses, les cheveux gris, clair-semés, il était assez grand et mince. Il donnait l'apparence d'un vieux savant. Alors que l'assistance profitait de son cours pour se divertir, elle respectait, néanmoins, le talentueux chimiste. Aussitôt, tous les chahuts s'arrêtèrent. Le silence prit la place. Il annonça avec éloquence :

— Je pense que monsieur Katerman est à même de vous l'expliquer ; Mais, pour l'instant, je vous demanderai de bien vouloir mettre en évidence les réactions qui sont écrites au tableau.

— Oh ! s'exclamèrent, en cœur, tous les élèves.

Mécontents, ils se décidèrent, quand même, à se mettre au travail sérieusement ; Ce ne fut pas sans bruit.

— Et en silence ! Merci !

Un dernier bourdonnement en signe de protestation se fit entendre. Alan se devait, en quelque sorte, de se faire oublier. Cependant, il remarqua les petits sourires que lui adressait Leslie, retournée de temps à autre. Obligation oblige, le cours reprit son train-train quotidien. Soudain, une sonnerie retentit. Elle n'avait pas le son habituel de celle qui annonçait la fin du cours, elle semblait plus aiguë. Steven et Michaël, deux camarades, n'hésitèrent pas à le féliciter, pour le désordre.

— J'avoue que tu es assez doué. Proclama Michaël.

La plupart des élèves s'étaient levées, pour aller chercher le matériel au fond de la salle, nécessaire aux expériences. Leslie avait profité de ce tumulte pour se rapprocher d'Alan et de ses deux compères. Elle les écoutait discrètement. Alan remarqua sa présence et s'en approcha. Elle se décida, timidement, à lui parler.

— J'admets également que vous m'avez fait beaucoup rire.

La sonnerie se faisait de plus en plus persistante, presque insupportable. Puis, Alan sentit ses yeux éblouis, par une intense lumière. Comme deux phares dans la nuit ! Deux phares ?

À cet instant, il aperçut les deux phares du véhicule qui lui faisait face. Instinctivement, il tourna le volant pour éviter la collision. Le mince sourire qui était sur son visage disparut, laissant place à de la frayeur. La voiture de l'autre automobiliste frôla la sienne de très près, sans toutefois toucher. Tout se passa très vite, il essaya de braquer pour remettre le pick-up dans la bonne direction. Il y parvint, mais l'avant-droit heurta, un court instant, le muret. Le pied sur le frein, il immobilisa la voiture, au plus vite. Il entendait, au loin, le son strident du klaxon, de celui qui avait failli le heurter.

Que s'était-il passé ? S'était-il endormi ? La chaleur de l'habitacle, ajouté à la fatigue de la journée, est sûrement à l'origine de son assoupissement. Quelle que fût la cause, il dut admettre la réalité, celle d'avoir évité le pire. Au volant, il s'essuya les yeux pour mieux se réveiller. Il descendit quelque peu la vitre, afin que l'air frais gifle son visage, encore endormi. Il coupa le moteur et réfléchit à ce qu'il allait entreprendre. Le vent violent se brisait sur le pare-brise et provoquait, par moments, quelques secousses. Il ne se sentait pas trop rassuré, sur le bord de cette route. Aussi, il décida d'agir au plus vite. Il ouvrit la boîte à gant et prit la lampe torche. Il sortit, une main dans une poche de son blouson, l'autre avec la lampe et longea la voiture. Par moments, des bourrasques s'abattaient sur lui. Il s'accroupit pour mieux voir les dégâts. Seule, l'aile avant-droite était endommagée. Il comprit rapidement qu'une partie de la carrosserie frottait sur le pneu et qu'il risquait une crevaison, à tout moment.

— Il me faut une barre de fer.

Il se redressa et scruta autour de lui. Il ne distinguait pas grand-chose, mais avait une notion assez exacte du lieu où il se situait. De mémoire, il se rappela qu'il existait une sorte de terrain vague dans les environs, où l'on entreposait un peu n'importe quoi. La lampe braquée devant lui, il traversa la route et longea la forêt qui faisait face à la mer. De temps en temps, il se retournait pour voir les phares de son pick-up se fondre dans la nuit. Il n'aimait pas du tout le laisser seul, mais n'avait pas d'autre solution. Ses vêtements ruisselaient, de plus en plus, ce qui ajouté au froid rendait la marche plus difficile. Enfin, après un bon kilomètre, il aperçut au détour des arbres le petit chemin qui servait d'accès au fameux terrain. Le sol était glissant, la progression s'avérait délicate.

— Plus que quelques mètres et j'y suis !

Le sol était légèrement en pente, il s'agrippa comme il put aux branches pour avancer sans tomber. Après un ultime effort, il arriva sur le lieu où jonchaient des tas de détritus de toutes sortes. De sa lampe, il fit un rapide tour d'inspection. La chance lui sourit alors, à quelques pas de lui, une petite barre de fer, rouillée, reposait dans les hautes herbes. Il l'examina de près et convenu qu'elle était suffisamment solide pour sa besogne. Il repartit en direction de la route. Toutefois, au moment où il s'en retournait, il remarqua au loin, noyé dans l'obscurité, un petit halo lumineux. Alan était dubitatif.

— C'est étrange ! Je croyais que personne ne vivait, ici !

Après quoi, il reprit hâtivement la route. Le retour fut moins difficile que l'aller. Si bien que dix minutes lui suffirent pour rejoindre les phares de sa voiture. Armé de sa barre de fortune, après quelques efforts, la carrosserie ne frotta plus sur le pneu. Ensuite, il se glissa à toute vitesse dans l'habitacle pour se réchauffer. Complètement trempé, il démarra et reprit la destination de son domicile. Il ne restait plus beaucoup de kilomètres à parcourir. Dans un dernier coup d'œil en direction de l'île, qui s'avérait toujours aussi menaçante et inquiétante, de par sa silhouette, il vociféra :

— Plus question de dormir maintenant, il faut rentrer !

Il n'aurait jamais imaginé une telle déconvenue, en prenant ce trajet. S'il avait pris la route principale, il serait sûrement déjà rentré. Fort heureusement, ce qui lui donnait du baume au cœur, ce fut la réussite de l'opération. Alors qu'à présent, il entrait dans les premières rues de Bluetown, la santé du petit Tom restait gravée dans son esprit. En outre, tous les évènements de la journée firent leurs apparitions, probablement dut à la fatigue. Les visages de Leslie et Carol se mélangeaient, comme par enchantement.

Les réverbères éclairaient, en partie, la rue principale. Après avoir tourné deux ou trois fois, il arriva enfin à proximité de chez lui. Il préféra garer la voiture sur le trottoir, plutôt que dans le garage. Il descendit et courut jusqu'à la porte d'entrée. Un chien montait la garde dans la maison.

— C'est moi Moky ! N'aie pas peur.

Il ne savait pas comment réagissait son chien, en cas d'orage. Nez à nez, avec la bête, un superbe labrador, il dut se frayer un passage en force, pour pouvoir entrer dans le hall.

— Sois gentil ! Laisse-moi entrer.

Le brave chien le regardait, en remuant la queue. Alan enleva rapidement son blouson trempé et commença à se sécher les cheveux. Puis, il le questionna du regard :

— Toi ! Je crois savoir ce que tu veux.

Moky était aux aguets et se mit à faire des bonds, pour signaler son empressement.

— Oui ! Voilà ! Voilà ! Je fais au plus vite.

Il posa un bol de croquettes sur le sol et contempla le déluge.

— Je vais te laisser, je te souhaite une bonne nuit.

Le laissant dans la cuisine, il monta à l'étage, en direction de la chambre. En un geste il descendit le store, puis enleva ses chaussures. Assis sur le lit, le dos courbé, il soupirait. Puis dans un dernier effort, il se glissa sous la couette et s'endormit profondément.

3

— Entre amis —

Il était bientôt onze heures lorsqu'il se réveilla. La nuit n'avait pas été très bonne, il avait beaucoup transpiré. Aussi, c'est à contrecœur qu'il ouvrit les yeux. Tranquillement allongé sur le lit, Moky l'observait sans bruit. En tournant la tête vers la fenêtre, Alan distingua quelques rayons du soleil.

— Il doit se faire tard, mon cher Moky !

D'un geste, il se débarrassa de la couette et la tête entre ses mains, essaya de se remettre les idées en place. Une fois debout, il se dirigea vers la salle de bains. C'était une pièce assez longue, mais pas très large. Sur le seuil de la porte, Moky le contemplait.

— Ne me regarde pas ! Je ne suis pas beau à voir.

Il scruta machinalement son visage dans la glace. La pâleur de celui-ci lui fit admettre, avec certitude, qu'il n'avait pas bien récupéré des efforts de la veille. Sans perdre un instant, il se mit sous la douche.

C'est un homme au physique agréable, assez grand de taille et musclé de surcroît. Ses cheveux bruns et courts, coiffés vers l'avant, lui confèrent un style moderne. Ayant pratiqué beaucoup de sports pendant sa jeunesse et surtout la natation, il possède une assez belle carrure. En outre, il est soigneux et assez maniaque. Il ne laisse rien au hasard et s'organise assez bien dans la vie en général. Cependant, lorsqu'il venait de terminer une opération délicate, il s'octroyait toujours quelques jours de repos où planning et impositions ne faisaient plus partie de son quotidien. En conséquence, il décida ce matin-là de profiter de son temps libre, pour promener son chien dans la ville.

Sitôt bien rasé et habillé, il descendit à la cuisine pour se préparer rapidement un petit-déjeuner.
— Tiens ! Et que je ne t'entende plus. Dit-il, en donnant un bol de croquettes.
Tout en buvant son café, il regardait le temps qu'il faisait. Par opposition avec la journée d'hier, le paysage était méconnaissable.

— On a de la chance ! Il fait un temps magnifique !

Il avait enfilé un survêtement de sport, bleu marine. Il ouvrit le placard à chaussures, prit une paire de baskets blanche et sortit la laisse du chien. Moky commençait à sautiller ici et là.
— Du calme ! Du calme ! On va y aller. Tiens ! Sors en attendant.
À peine la porte fut entrouverte que le chien s'échappa. Alan finit de se préparer. Il était sur le point de partir quand, soudain, une pensée lui traversa l'esprit :

— Je vais appeler le docteur Kraven.

Kraven est un proche collaborateur, avec lequel il avait préparé, minutieusement, toute l'opération du petit Tom. De la cuisine, tout en observant son chien qui courait à en perdre haleine, il composa le numéro du standard de l'hôpital.
— Ha ! Ha ! Sacré Moky ! Heu ! Oui, Carol ? C'est Alan ! Peux-tu me passer le docteur Kraven ? Je viens prendre des nouvelles du petit.
— Oui ! Pas de problème Alan ! Je te le passe au plus vite.
Pendant qu'il patientait au téléphone, il ne put s'empêcher de rire en voyant son

chien qui malmenait quelque peu la factrice. Soudain, une voix grave s'entendit de l'écouteur, elle contrastait avec celle de Carol.

— Ici Kraven !

— Bonjour, c'est Katerman. Je voulais avoir des nouvelles du petit, les suites opératoires, le réveil.

— Ha ! C'est toi, Alan ! Rassure-toi, pas de problème majeur. Le petit s'est réveillé, il y a maintenant deux bonnes heures. La tension est un peu faible, on lui a fait un électrocardiogramme ce matin, j'attends le résultat.

— OK ! C'est bien, je te remercie.

— De rien Alan. Bon ! Je vais te laisser maintenant, alors repose-toi bien.

Kraven, comme à son habitude, était très peu bavard. La minute n'était pas encore passée qu'il avait déjà raccroché. Alan se retrouva en ligne directe avec Carol.

— Je suis surpris de retomber sur toi. Enfin, c'est sans importance. Tu peux toutefois noter que je passerai en fin d'après-midi, OK ?

— OK Alan ! J'espère que le petit va bien.

— Pour l'instant tout va bien, je vais te laisser, car mon chien est en train de dévorer la factrice !

L'espace d'un instant, elle fut interloquée par cette réponse si soudaine. Il raccrocha au plus vite, son chien commençait à se montrer de plus en plus nerveux. En un rien de temps, il fut dehors et le héla. Celui-ci s'arrêta en pleine action, contempla la factrice puis fila à toute vitesse, derrière la maison. Alan s'approcha, l'air un peu penaud.

— Excusez-moi, comprenez c'est un jeune chien et il aime bien s'amuser.

— Mais rassurez-vous, ce n'est pas grave, j'en ai vu d'autres !

Cette dernière affichait un grand sourire, presque irréel. Parce que trop longs, d'un geste de la main, elle replaçait, constamment, ses cheveux en arrière. Elle donna le courrier bien amicalement et repartit.

Quelques mètres derrière lui, Moky était couché dans l'herbe. Sa truffe entre les pattes, il reniflait le gazon fraîchement coupé. Sa queue s'agitait comme un essuie-glace. Alan avait compris ses intentions, mais désirait plutôt se promener en ville.

— Non ! Une autre fois, si tu veux. Aujourd'hui je préfère me changer les idées.

Suite à cette réplique, le chien s'approcha de son maître, tout docilement, et se dressa sur ses pattes. Avait-il compris ? Était-ce une coïncidence ? Nul ne pouvait le savoir. Il quitta la propriété, accompagné du chien. Alors qu'il marchait tranquillement, la vue du pick-up lui rappela le petit incident de la veille.

— Ah ! Oui ! C'est vrai, j'avais complètement oublié !

Il fit le tour de la voiture, pour voir plus en détail les dégâts. Sans aucun doute, seule l'aile avant-droite était cabossée. Insouciant, il poursuivit sa route.

Moky est un chien très affectueux, mais qui possède, toutefois, son caractère. Il lui arrivait, dans certains cas, de n'en faire qu'à sa tête. C'est peut-être son sixième sens ou son extraordinaire intelligence qui le poussa, ce jour-là, à bien se comporter. Alan avait l'esprit un peu préoccupé et ne souhaitait surtout pas que son chien gâche la promenade, par manque d'obéissance. Tous deux descendirent vers le centre-ville. Les maisons, avec leurs volets bleus, étaient jonchées les unes sur les autres. Il aimait bien se promener dans ces rues étroites, toutes en pavées. Malgré la présence du soleil, il ressentait un léger vent frais lui parcourir la nuque. À l'approche de l'avenue principale, il entendait le cliquetis des bateaux, amarrés au port. Sur le point de traverser la route, il stoppa son chien pour éviter un véhicule de nettoyage, qui faisait de longues et perpétuelles allées et venues, pour éliminer les dommages, causés par l'orage de la veille. Comme à son habitude, à ses moments perdus, il se dirigea vers le pub, le plus renommé de la ville. Il s'adressa à son chien, comme à un vieil ami.

— Que penses-tu d'aller boire un verre ?

Devant le mutisme de son chien, il considéra qu'il avait la permission. Quelques tables, vides de client, étaient installées sur la terrasse ensoleillée. Probablement, les gens s'étaient réfugiés à l'intérieur. La main sur la poignée, il s'apprêtait à rentrer quand il rendit compte qu'il devait, au préalable, faire quelques recommandations.

— Sois bien sage ! Je ne veux pas que tu te fasses remarquer, comme la dernière fois.

Après quoi, il poussa la porte. Une épaisse fumée de cigarettes, qui planait dans la pièce, s'échappa par l'entrebâillement. Un brouhaha émanait de la plupart des tables où étaient assis des gens de tous âges. Machinalement, il se laissa guider par son chien, en direction du bar. L'atmosphère était joyeuse et les rires fusaient de toutes parts. Le barman, la quarantaine, aux moustaches bien prononcées, s'approcha vers lui.

— Bonjour, qu'est-ce que vous prendrez ?

— Heu ! Une bière sans alcool, s'il vous plaît.

Le barman le regarda d'un air interloqué. De façon générale, il était bien rare qu'un client ne prenne pas de boisson alcoolisée. Alan pouvait tout visualiser, de la place qu'il occupait, comme à l'image d'une sentinelle. Toutefois, un bruit régulier attira son attention. Cela provenait du fond de la pièce. Sa curiosité le poussa à en savoir davantage, il prit son verre et s'approcha.

Un jeune couple s'amusait à un jeu de fléchettes. Chaque lancer provoquait rires et plaisanteries. En outre, la jeune femme, dont il ne pouvait voir que la silhouette s'avérait être bien plus douée que le jeune homme. À cet instant, il ne put s'empêcher de penser aux rigolades d'un autre lieu, d'un autre temps, avec Leslie.

De mémoire, ce fut dans une salle de jeux qu'il fit plus ample connaissance avec elle. Il lui avait fallu faire de gros efforts pour vaincre sa timidité et oser lui proposer un rendez-vous. À sa grande surprise, elle avait accepté sans hésiter. Ainsi, ils se retrouvèrent ensemble, à jouer sur une piste de bowling. Au début, il avait fait exprès de mal jouer. Toutefois, bien mal lui en a pris, car Leslie était très adroite dans ce style de jeux. Fatalement, les unes après les autres, elle gagna toutes les parties. Une complicité s'était créée presque immédiatement, ils leur arrivaient, parfois, de rire en même temps. En outre, il avait un agréable sourire qui instaurait facilement la confiance qu'il voulait lui faire partager. La soirée passa très vite et peut-être même trop, aux yeux de la jeune femme. À cause de l'heure tardive, ils durent se séparer, à contrecœur. Au retour, à l'arrière de la moto, elle le serrait très fort. Non pas de peur de tomber, mais tout simplement parce qu'elle en avait envie, depuis longtemps. Il roulait vite et à certains endroits paraissait même imprudent. Traverser la rivière, sur le pont sinueux, au pied de la montagne, était fascinant. La forêt environnante apportait sa fraîcheur et toutes ses saveurs. La lune seule dans le ciel noir donnait l'illusion d'un œil spectateur. Elle adorait ce genre de promenade. Ce fut assurément ce côté romantique, émanant parfois chez lui, qui suscitait vivement un intérêt pour ce garçon. De temps à autre, il se retournait pour l'observer. L'espace d'un instant, les regards échangés réchauffaient les deux cœurs, pour oublier la froideur de la nuit. Soudain, Mountain Valley survint. Il traversa les rues à faible allure, pour pouvoir profiter, encore un moment, de la présence de sa tendre amie. Il n'était pas pressé de rentrer, Leslie non plus. Arrivé au pied de la maison des parents, il stoppa sa moto. Une fois descendus, ils enlevèrent leurs casques et s'observèrent en silence. Puis, sans raison apparente, il s'approcha de la jeune femme et l'embrassa tendrement. Sitôt fait, pour masquer sa timidité, il remonta sur sa moto et remit le contact.

À cet instant, il sentit une main lourde sur son épaule gauche. À la suite de ce toucher, si soudain, il tressaillit. Une voix forte l'interpella :

— Alors Alan ! Tu dors ?

Coiffé d'un chapeau, un homme de grande taille, assez corpulent, se tenait devant lui. Son sourire lui faisait découvrir une énorme mâchoire. Les mains sur les hanches, le ventre en avant, le regard rieur et les jambes légèrement écartées lui donnaient l'allure d'un cow-boy. Autour de lui, les gens s'étaient éloignés, car bien que son visage paraisse sympathique, ils craignaient que leur curiosité machinale n'engendre quelques représailles de sa part. Tout le monde, ici présent dans cette salle, avait rapidement reconnu le policier local, qu'il représentait. Le visage d'Alan exprimait un air hébété, à l'image d'un enfant qu'on aurait réveillé en pleine nuit. Cependant, il avait reconnu, sans hésitation, Robert Fisher.

— Heu ! Non ! Excuse-moi, Robert. Je ne t'ai pas entendu. Comment vas-tu ?

— C'est plutôt à toi de me le dire. Ton opération ? Ça s'est bien passé ?

Alan ne voulait pas s'étendre sur le sujet, préférant penser à autre chose.

— Oui ! Pour l'instant, tout va bien ; il me faut attendre les suites postopératoires.

Robert était très mal à l'aise lorsque Alan employait des termes techniques. Le mouchoir à la main, il s'empressa d'éponger son front, tout transpirant. Aussi, pour ne pas paraître idiot, il changea de sujet.

— OK ! As-tu vu les dégâts causés par l'orage ?

— Oui ! D'autre part, à cause de ce mauvais temps, j'ai drôlement souffert pour rentrer !

— C'est vrai, on n'y voyait pas grand-chose !

— Au moment où tu es arrivé, je regardais un jeune couple jouer aux fléchettes. Ne voyant aucune réaction, il insista.

— Ça te dirait ! Une partie !

— Je ne suis pas très doué pour ce genre de jeu. Pourquoi pas. Mais pour te faire plaisir.

Ils prirent la place du jeune couple qui venait, à l'instant, de finir de jouer. De ses mains expertes de praticien, Alan était très habile dans ce genre de jeu ; Robert, lui, préférait les concours de hamburgers. Ils jouèrent à tour de rôle, alternant les bons et mauvais coups. Alan avait l'habitude d'étudier les gens et pendant la partie, il ne put s'empêcher d'observer son partenaire de jeu. Robert, contrairement à la mine joviale qu'il affichait d'ordinaire, n'était pas très souriant, comme si une contrariété nuisait à son état d'esprit. Alan, de nature sensible, s'interrogea à son sujet :

— Tu me parais soucieux Robert, aurais-tu un problème ?

Le policier le dévisagea. Il ne souhaitait pas l'ennuyer avec ses propres tourments, car Alan venait de subir des épreuves difficiles, dans l'hôpital de la ville. En outre, il n'était pas de ceux qui viennent s'émouvoir sur votre épaule, pour vous faire part de leurs problèmes affectifs ou moraux.

— Non ! Non ! Rien d'important !

Puis, afin de détourner l'attention, il lança très fort la fléchette, vers le centre de la cible et ajouta :

— Que penses-tu de celle-là ? Ha ! Ha ! Ha ! Pas mal ! Non ?

Alan le regardait tout autant fixement, sans prêter attention à la cible. Il pensait, avec certitude, qu'il voulait lui cacher quelque chose. Il s'approcha de lui, posa ses mains sur ses épaules et ajouta, solennellement, à voix basse :

— Si tu as le moindre problème, tu peux compter sur moi. Je ne serai jamais assez reconnaissant de l'aide que tu m'as apporté.

Il devient nécessaire de préciser que le policier, dès l'arrivée de Katerman dans Bluetown, a joué un rôle important, dans la préparation de l'opération du petit garçon. Les parents de ce dernier avaient sollicité son aide pour accueillir, le mieux possible, le chirurgien. Par conséquent, aussi naturellement que possible, il lui avait confié sa demeure et proposé les services de son fils, Jim, pour s'occuper de son chien, en son absence. Alan avait vivement apprécié le geste. Depuis, il s'était toujours senti redevable.

— Tu sais, depuis hier soir, j'ai tout juste avalé une tasse de café. Maintenant, je commence à avoir faim, aussi je te propose d'aller nous restaurer chez Barty, au coin de l'avenue. Tu pourras en profiter pour m'exposer ton problème, qu'en penses-tu ?

Alan espérait qu'il accepta, car non sans l'idée de satisfaire son appétit grandissant, il voulait avant toute chose lui venir en aide. Robert, dubitatif un instant, resta cependant sensible à sa générosité spontanée et finit par accepter la proposition.

— Tu as raison, Alan ! Barty fait toujours d'excellents hamburgers !

Sans perdre un instant, ils se dirigèrent vers la sortie du bar. Toutefois, au moment où Robert s'apprêtait à tirer sur la porte, il aperçut son fils sur sa gauche, au fond de la pièce.

— Attends-moi là. J'ai juste un mot à dire à mon fils.

D'un pas décidé, il s'approcha de la table où Jim et quelques-uns de ses amis étaient installés. Jim, tourné vers son père, son visage était loin d'être souriant, voire antipathique. Depuis la mort de sa femme, il avait toujours eu de grosses difficultés à communiquer avec son fils.

— J'aimerais bien que tu ne rentres pas trop tard ! OK ?

— Ouais ! Ouais ! marmonna-t-il en guise de réponse.

Volontairement, il détourna son regard, son comportement exaspérait son père. Les apparences sont trompeuses. Jim n'est pas un mauvais garçon. Pas très bavard et peu enclin à avoir beaucoup de distractions comme les jeunes de son âge, il préférait écouter de la musique, à longueur de journée. Toutefois, cigarettes et bières faisaient partie de son quotidien.

— Bon ! Je te laisse, je vais manger un morceau chez Barty avec Katerman.

Alan, qui s'était approché, sans bruit, intervint :

— Salut Jim ! Merci pour Moky !

— Pas de problème monsieur Katerman. Votre chien, il est extra, on en fait ce que l'on veut. Vraiment, ça ne me coûte pas de le promener un peu, tous les jours.

Par chance, dès le début, le contact entre eux s'était bien passé. Il en profitait, par moments, pour atténuer les heurts entre le père et le fils.

— Eh bien, tant mieux ! D'ailleurs, à ce propos, je ne sais pas où il est passé. Enfin, je ne m'inquiète pas, je vais bien réussir par le retrouver.

— J'en suis sûr, monsieur Katerman ! Vous devriez faire comme nous, le siffler.

Alan aimait bien être au contact des jeunes, cela lui rappelait sa jeunesse. Cependant, certains souvenirs le poussaient inévitablement à la prudence :

— Amusez-vous bien ! Toutefois, doucement sur l'alcool !

— Ouais ! Ouais ! répondit Jim, le regard baissé.

Alan et Robert se dirigèrent, à nouveau, vers la sortie. Moky, assis sur ses pattes, les attendait.

— Ha ! Te voilà ! Où étais-tu donc passé ? Je te cherchais partout.

Une fois sortis, ils contemplaient la longue avenue. Seules quelques flaques d'eau éparpillées témoignaient encore de la tempête de la nuit dernière. L'air salin, accompagné des odeurs de poissons frais giflait leur visage. À la suite des péripéties de la veille, cette bouffée d'oxygène apportait le plus grand bien. Les rayons du soleil commençaient à faire de leurs effets. La vie reprenait enfin son cours, au sein de la ville. Les gens marchaient de manière précipitée, comme s'ils souhaitaient rattraper le temps perdu.

Moky, sans perdre un instant, tira violemment sur sa laisse.

— Comme tu peux le constater, Robert, mon chien ne tient plus en place. Je vais, si tu n'y vois pas d'inconvénient, le ramener à la maison et te rejoindre, ensuite, chez Barty.

Il avait fini sa phrase en rigolant, mais Robert, apparemment accaparé par ses propres problèmes n'affichait qu'un demi-sourire. Toutefois, il répondit à sa demande :

— OK, Alan ! Pas de problème, on se retrouve chez Barty.

Après avoir remonté quelque peu son pantalon, pour masquer son embonpoint, il s'éloigna d'un pas nonchalant. Il ne fallut pas plus de dix minutes, à Alan, pour rejoindre la maison. Moky avait vite retrouvé ses repères dans la propriété et gambadait, à vive allure, sur la pelouse. Son maître ne perdit pas de temps pour passer du survêtement de sport à une tenue un peu plus habillée. Puis, il monta dans son pick-up et se dirigea, en hâte, chez Barty.

Impatient d'obtenir quelques éclaircissements concernant les tracas de son ami, il se gara précipitamment sur le parking privé. D'un pas décidé, il franchit les portes du snack-bar. L'ambiance était différente de celle du Pub. En outre, les tables étaient disposées avec harmonie et l'espace mieux organisé. Principalement assiégé par les routiers, le bar côtoyait une clientèle très diverse et rarement la même. Au fond de la salle, Robert était installé à une table à l'écart. Il paraissait absent, le regard plongé dans le vague. Son visage, fatigué, était empreint de contrariété. Alan le retrouva facilement et ne put s'empêcher de penser à voix haute :

— Je suis certain qu'il a des ennuis, je dois en savoir davantage.

— Eh bien, dis-moi ! Tu n'as pas traîné !

— Heu ! Non ! C'est-à-dire que Moky non plus.

— Mais installe-toi ! Commandons au plus vite, je meurs de faim.

Une fois assis, un jeune homme, armé d'un petit bloc s'approcha de leur table. Le stylo sur le papier, prêt à écrire, il s'adressa au shérif.

— Vous avez choisi monsieur Fisher ?

Sans avoir même levé les yeux vers son interlocuteur, il prononça dans un souffle :
— Un maxi ! Comme d'habitude.

Ayant pris note, il se tourna vers Alan. Ce dernier fit la même commande, n'étant pas un fervent connaisseur des spécialités de l'endroit.
— Je vois que tu as, tout comme moi, un grand appétit. S'exclama Robert dans un grand rire qui forçait l'admiration.
— Certes, mais je ne suis pas venu que pour ça.
Le visage souriant de Robert se figea instantanément.
— Je suis ton ami, tu le sais bien. Alors, dis-moi ce qui te tracasse.

Les yeux baissés, il devait se résigner à l'évidence. Il devait parler. C'est ainsi qu'il se lança dans une longue explication, circonstancielle, de ses problèmes personnels.
— Tout a commencé il y a, maintenant, presque un an. Tout semblait paisible dans notre petite ville et les gens appréciaient ce climat de sécurité. Puis, soudain ! Alors que rien ne pouvait le présager ; Les vols ont commencé. Au début,

ce ne fut qu'une plainte ou deux. Puis, les évènements ont empiré.

— Des vols ! Quels genres de vols ?

— Des vols de tableaux, Alan ! Et pas des moindres, des articles de très grande valeur. Je ne possède aucune piste et aucun indice. Voilà le problème.

— Et ta hiérarchie ? Peut-elle t'apporter de l'aide ?

— Ce n'est pas simple. Mes collaborateurs convoitent ma place depuis longtemps. Et si je ne résous pas au plus vite cette affaire, ils vont me remplacer. Je dois donc me débrouiller tout seul.

Alan comprenait, à présent son comportement.

— Pas la plus petite empreinte, aucune effraction. Ajouta-t-il, sur un ton solennel.

Jusqu'alors, Robert n'avait jamais été confronté à des affaires compliquées.

— Ah ! Mais je t'ennuie avec mes problèmes ! Toi aussi, tu as les tiens.

— Entre amis, il faut s'entraider. Je ferai donc tout mon possible pour élucider ce mystère. J'ai, par ailleurs, quelques jours de repos. Je vais les employer pour faire ma propre enquête.

— Je sais qu'il est inutile d'être contre ta volonté, je perdrai mon temps. Aussi, sois prudent. Préviens-moi si tu découvres quelque chose d'anormal.

— N'aie crainte ! Je te ferai signe à ce moment-là.

Sitôt servis, les deux compères se jetèrent sur leur maxi-hamburger. Quelques bouchées suffirent à Robert pour en venir à bout. Ensuite, comme à son habitude, il s'étira de toutes ses forces, laissant échapper un grognement semblable à celui d'un ours. Alan, quant à lui, opta pour une attitude nettement moins démonstrative. Il bâilla le plus discrètement possible. Toutefois, certaines personnes dans la salle s'étaient retournées pour montrer leur mécontentement. Ainsi rassasiés, ils payèrent l'addition et se séparèrent sur le parking après s'être chaleureusement serré la main.

4

— Contre toute attente —

Alan s'était permis une heure de repos, à la maison, avant de reprendre la route pour l'hôpital. Bienveillant, Moky prenait soin de faire silence pendant le sommeil de son maître. Une fois réveillé, il prit une douche et se prépara au plus vite. Ce regain d'énergie confirma que la petite trêve avait accompli son rôle récupérateur. Sitôt prêt, il enferma le chien et grimpa dans le pick-up. Non sans penser aux péripéties de la veille, il se décida cette fois-ci à prendre la route principale. Le visage du petit garçon était de plus en plus présent dans son esprit, à mesure qu'il approchait de sa destination. Il se mit à penser à voix haute :

— J'espère que l'électrocardiogramme va être bon.

Après avoir garé le véhicule sur la place réservée, il franchit le hall comme une flèche ; au point qu'il faillit percuter les portes automatiques. Le visage plein d'émoi, il s'adressa, sans perdre une seconde, à Carol.

— La chambre du petit ?

Surprise de cette intrusion, si soudaine, elle se leva et sortit rapidement de la pièce.

— Comment, Alan ? Je n'ai pas compris.

— Heu ! Oui ! Excuse-moi ! Je voulais savoir où repose le petit Tom.

— Mais bien sûr, Alan ! La chambre 205. Au deuxième étage, au bout du couloir et...

Elle n'eut pas le temps de finir, il était déjà parti. Toutefois, elle lui héla encore quelques mots, avant de le voir disparaître.

— Viens me voir après, j'aurai quelque chose à te proposer.

N'ayant pas la patience d'attendre l'ascenseur, il grimpa les marches à toute vitesse, tant les nouvelles du petit s'avéraient urgentes à ses yeux. Toutefois, il ralentit sa course à quelques pas de la chambre, car silence oblige. Il entra sans bruit.

La pièce était volontairement plongée dans l'obscurité. Il s'approcha du lit, le petit garçon était couché sur le dos, la tête enfouie dans l'oreiller et dormait profondément. Méticuleusement, il contempla l'électrocardiogramme, posé sur la table de chevet. À son grand soulagement, les résultats de l'examen semblaient bons. Un sourire s'afficha enfin sur son visage. Il s'approcha de l'enfant pour l'observer de plus près. La pâleur de la veille avait laissé la place à une jolie teinte beaucoup plus rassurante. Tout ragaillardi de cette nouvelle réjouissante, il quitta la pièce, soulagé. Il aurait souhaité que le temps s'arrête, pour profiter encore plus de cet instant. Toutefois, il se rappela qu'il devait rejoindre Carol, car il avait cru comprendre qu'elle avait besoin de lui. Sans se hâter, il retourna à l'accueil.

Consciencieusement, Carol Smith ordonnait les différents dossiers médicaux qui traînaient sur son bureau. En levant la tête, elle l'aperçut. Il s'approchait nonchalamment.
— Ha ! Te revoilà !
— Oui ! Excuse-moi pour tout à l'heure. J'étais trop pressé de connaître l'état de santé du petit.
— Mais tu n'as pas à te justifier. C'est tout à fait normal. À ce propos, comment va-t-il ?

— Tout va bien. Les résultats sont bons. Je vais pouvoir profiter, l'esprit tranquille, de mes jours de repos.

— Tant mieux ! D'ailleurs, j'ai une petite proposition à te faire.

— Oui ! Il m'avait bien semblé. De quoi s'agit-il ?

De grande taille, il la dépassait d'une tête. Bien qu'elle fût loin d'être timide, elle demeura quelque peu déstabilisée. Toutefois, fortement déterminée, elle se lança :

— Ce soir, je fais une petite fête, avec mes amis. J'avais pensé que tu pourrais te joindre à nous. Qu'en penses-tu ?

Il fut très agréablement surpris par la proposition. Aussi, il répondit, sans aucune hésitation.

— C'est très gentil de ta part, j'apprécie beaucoup. Mais je ne sais pas si je serai de bonne compagnie.

— Quelle idée ! Bien sûr que tu le seras ! Alors je passe te prendre vers 19 heures. Cela te convient-il ?

— Pas de problème, si tu y tiens.

Sitôt éloignée, elle gesticulait comme une petite fille, toute contente d'avoir réussi à l'inviter. Elle retourna à son travail, car elle devait rester sérieuse. Cependant, elle ne pouvait plus s'empêcher de sourire.

Dans son pick-up, il restait songeur. Cette invitation surprise lui suscitait de multiples questions. Ne fallait-il pas voir, par ce geste, des intentions de conquête de la part de la jeune femme ? Son visage s'illumina à cette pensée. Toutefois, de peur que son imagination lui jouât de mauvais tours, il préféra interrompre momentanément sa réflexion. Il fit démarrer le véhicule et quitta les lieux, le cœur léger.

À la maison, Moky sautillait sur ses deux pattes arrière. Il était comme un félin, prêt à bondir sur sa proie. Alan décida de calmer ses ardeurs.

— Doucement, Moky ! Ne me saute pas dessus !

Se servant de son bras gauche comme bouclier, il eut bien du mal à se frayer un passage, jusqu'à l'entrée de la maison. Puis, tout heureux d'avoir gagné cette bataille improvisée, il se résigna à le laisser au-dehors.

De la fenêtre de la cuisine, il l'observait en buvant une tasse de chocolat chaud. Une fois encore, il s'étonna de la vélocité de sa bête.

— Sacré Moky !

Sur le mur, la pendule affichait 17 heures. Parce qu'il mettait, toujours, un temps interminable pour choisir ses vêtements, pour une sortie, il ne devait pas traîner. En outre, pour sa part, il n'était pas convenable d'arriver chez Carol, les mains vides. En conséquence, une petite course en ville s'imposait. Il monta à l'étage, ouvrit la penderie où étaient suspendues les chemises et cravates assorties. Il les décrocha, une à une, et les posa sur le lit. Nerveux, car, en cet instant, rien ne correspondait à son goût, il vociféra :

— Avec ça, je vais passer pour un clown, échappé d'un cirque !

En un éclair, il se retourna et ouvrit les tiroirs de la commode. Scrutant leur contenu, il opta pour une tenue décontractée.

— Je ne tiens pas à me faire remarquer. Donc, pas d'extravagance.

Il se changea en quelques secondes et dévala les escaliers. Moky avait pressenti le départ de son maître. Accroupi, le museau tout contre la porte, il reniflait fortement. En outre, il fit quelques aboiements.

— Non, Moky ! Je ne t'emmène pas. Je fais juste une course. Sois sage !

Avant de quitter la maison, il se rappela un rendez-vous à prendre. Il consulta son agenda et chercha dans la longue liste de numéros, de son index, ligne à ligne, celui qui l'intéressait. Une fois trouvé, il décrocha le combiné et composa. Un instant après, une voix de femme se fit entendre.

— Carrosserie Fergusson, à votre service !

— Bonjour madame ! Je souhaiterais un rendez-vous pour effectuer une réparation sur l'aile de ma voiture.

— Un instant ! Ne quittez pas.

De l'écouteur, on percevait quelques bribes de conversations. Puis, de nouveau, la femme se manifesta.

— Mardi après-midi, 15 heures.
— Très bien, madame.
— Votre nom ?
— Katerman.

Après une formule de politesse, elle raccrocha. Satisfait de régler ce problème, au plus vite, il enfila son blouson et quitta les lieux.

Dans le pick-up, il avait ouvert les vitres pour jouir de l'air frais du bord de mer. Peu de voitures circulaient dans les rues, en cette fin d'après-midi. Le soleil apparaissait à nouveau et emmagasinait sa chaleur dans l'asphalte. Les tenues, légères, étaient de circonstance. Les vitrines, colorées, des boutiques donnaient une sensation de vacance. Garé à proximité de la grande avenue, il marchait, décontracté, les mains dans les poches. Quelques pas lui suffirent, pour arriver au niveau du magasin convoité. Sans hésitation, il entra. Il sentit immédiatement la fraîcheur de la pièce qui contrastait avec l'extérieur. En outre, il ne put s'empêcher de le confirmer à voix haute.

— Il fait bon, ici !

Une vendeuse, qui venait à sa rencontre, l'avait innocemment entendue.

— Vous avez tout à fait raison, monsieur. Que puis-je pour votre service ?

— J'aurai souhaité un bouquet varié, si cela est possible.

Le sourire qu'il affichait, suite à l'invitation de Carol, ne laissait, aux yeux de la vendeuse, aucun doute sur la nature de l'achat.

— Je suppose que c'est pour offrir ?

— Heu ! Oui ! C'est pour offrir. Acquiesça-t-il, un peu déconcerté.

Une fois le bouquet composé, elle se permit de rajouter sur l'emballage transparent, une petite étiquette adhésive en forme de cœur. Ce petit détail ne lui avait pas échappé des yeux, il voulut intervenir, mais n'en fit rien. L'intention de la jeune femme était, somme toute, naturelle. Il paya et sortit du magasin.

Dehors, la chaleur faisait à nouveau son effet. Cependant, il préférait cette journée ensoleillée à celle de la veille. Sur le trottoir, il se mit à brandir son bouquet en avant, pour mieux le contempler. En cet instant, le regard des autres lui importait peu, seul comptait l'effet qu'allait produire ce petit présent. Il sentit son cœur battre plus que d'ordinaire. Néanmoins, il décida d'enlever le petit cœur qui était, selon lui, légèrement de trop. Cependant, au moment où il s'apprêtait à monter dans son pick-up, Robert l'interpella.

— Elle est bien abîmée !
— Pardon ?
— Ton aile ! Elle est cabossée !
— Heu ! Oui ! Bonjour, Robert ! Quelle surprise ! Oui ! C'est vrai. Hier soir, en longeant la côte, j'ai malencontreusement percuté le muret.
— Tu as eu de la chance. Tu ne peux pas imaginer le nombre d'accidents mortels sur cette route.
— Oui, je me doute. Mais heureusement, dans ma déveine, j'étais situé à proximité d'une sorte de déchetterie.
— Oui, je vois bien l'endroit.
— Celui qui est voisin d'une propriété.

— Quelle propriété ? Il n'y a aucune habitation le long de cette côte.

— Tu dois te tromper, j'y ai vu de la lumière.

— C'est étrange ce que tu me dis là, j'irai vérifier.

— Comme tu voudras, mais cela me paraît sans importance.

Par obligation, ils durent se séparer.

De retour à la maison, il était maintenant presque 18 heures. Pour ne pas s'impatienter inutilement, il avait allumé la télévision. Confortablement installé, dans son fauteuil, il n'arrivait cependant pas à se concentrer sur l'émission. De mémoire, il n'avait pas été invité par une femme, depuis de nombreuses années. Ainsi, l'excitation grandissait de minute en minute. Aussi, il se leva et marcha de long en large dans le séjour. En outre, il était préoccupé par les confidences de son ami Robert. Moky, couché sur le sol, l'observait sans bruit. Concentré, il stoppa net et s'exclama à voix haute :

— Une personne qui ne fait aucune effraction et ne laissant aucun indice doit inévitablement connaître les lieux et les habitudes de ses victimes !

Puis il reprit sa marche et sa réflexion sous les yeux inquiets de son chien.

Quelques minutes plus tard, de nouveau, il s'arrêta et affirma :

— Des vols de tableaux d'une grande valeur, il faut avoir des connaissances dans ce domaine. Et pour quelles raisons cela se passe depuis un an, précisément ?

Il avait besoin de réfléchir à voix haute. Tant de questions sans réponse. Il prenait conscience de la difficulté du problème et s'était peut-être emballé sur ses capacités à apporter son aide à son ami. Toutefois, il mit le doigt sur un détail qui lui revint à l'esprit. Il s'agissait de ce petit halo lumineux qu'il avait aperçu durant l'orage. Robert vient de prétendre qu'il n'y a personne à cet endroit. Peut-être que son imagination lui jouait des tours ou ce fut un trop-plein d'optimisme, il émit l'hypothèse qu'un voleur pourrait s'y cacher. Cette idée le fit sourire et le poussa à s'autocritiquer, à son chien :

— Mais non ! Moky ! Je ne suis pas Sherlock Holmes ! Ha ! Ha ! Ha ! Mais, je t'assure, j'ai vu de la lumière !

Moky le regardait fixement et donnait l'illusion de lui répondre. Alan joua de cette impression.

— Oui ! Tu as raison ! Je ne connais pas assez bien la région et je vais demander conseil à Carol.

Puis soudain, on frappa à la porte. Moky aboya inévitablement, en remuant la queue. Alan enferma la bête, dans une pièce. Puis, le plus naturellement possible, il ouvrit.

5

— Éternels souvenirs —

Muni d'un casque dont la visière, baissée, empêchait de voir le visage, un étrange personnage, vêtu d'une combinaison de cuir, noire, se présentait devant la porte. Alan, surpris par cette apparition, brûla de curiosité. Le vêtement épousait parfaitement les formes, ce qui laissait entrevoir une silhouette féminine des plus attrayantes. Puis, dans un geste mécanique, à l'image d'un robot, la main droite gantée s'approcha de la visière. D'un doigt, celle-ci fut enfin enlevée, laissant apparaître, un joli visage, maquillé, de jeune femme. Elle s'annonça :
— Coucou !
— Carol ? dit-il, quelque peu incertain.

Le beau sourire qu'elle lui adressait, ajouté à ses yeux rieurs, témoignait de la réussite de l'effet de surprise. Toutefois, afin de ne pas exagérer, elle enleva le casque. Une magnifique chevelure, châtain clair, reprenait lentement sa place.

— Excuse-moi, je ne t'ai pas reconnu immédiatement. Je ne m'attendais pas à te voir avec ce camouflage.

Il rit de bon cœur.

— Mais c'est moi qui suis désolée. Je ne manque jamais une occasion de faire le pitre.

Tout en l'écoutant, il s'était, malicieusement, dirigé vers la cuisine pour prendre, avec discrétion, le bouquet de fleurs.

— Tu aimes les plaisanteries à ce que je vois.

Volontairement, il la laissait sur le seuil de la porte. Puis, pour éviter qu'elle ne se doute de quelque chose, il ajouta.

— Ne bouge pas ! J'arrive ! Je prends juste mon blouson.

Carol, sans l'ombre d'un soupçon, ne bougea pas.

— Je suis prêt !

Il lui faisait face, les fleurs cachées dans son dos.

— Bien ! Alors, allons-y ! Mes amis vont nous. . .

Elle n'eut pas le temps de finir. Un énorme bouquet, de fleurs diverses, se présenta à ses yeux. Interloquée, elle balbutia quelques mots de remerciement.

— Je, heu ! Merci, Alan !

Les joues de la jeune femme s'étaient légèrement empourprées. Bien que les relations, qui les unissaient, fussent purement professionnelles, elle avait toujours espéré une occasion de partager la vie sentimentale du jeune médecin. Cette petite attention, pleine de bons sentiments, laissa présager dans le cœur de la jeune femme un avenir enchanteur. Toutefois, par timidité, elle se retourna, préférant masquer le trouble qu'il avait insidieusement provoqué.

— J'ai garé mon véhicule devant la propriété, on y va ?

Il s'assura que Moky ne manquait de rien et ferma la maison. L'un derrière l'autre, ils marchèrent sur le petit chemin de pierre jusqu'au portail. Toutefois, il s'étonna de n'apercevoir que son pick-up.

— Je ne vois pas ta moto. Est-ce normal ?

— Oui, la haie la dissimule, en partie.
En effet, une fois sur le trottoir, il découvrit le véhicule.

— Un Side-Car !

Admiratif, il le contempla sous tous les angles.

— Comment le trouves-tu ?

— Il est superbe ! dit-il, les yeux rivés sur la machine.

— Il ne faut plus trop tarder, maintenant. Prends ton casque, monte, je vais fermer la capote.

Il s'installa dans le véhicule, tant bien que mal car le bouquet de fleurs qu'elle lui avait redonné prenait une place importante. L'espace était réduit. En outre, ses grandes jambes pliées en deux, de sorte que les genoux arrivaient au niveau des épaules, conféraient une position sujette aux rires. Elle attacha solidement la capote transparente.
— Je ne voudrais pas que tu tombes malade, car il y a beaucoup de vent, ce soir. Cependant, je vais passer par la côte, pour le beau paysage. Qu'en penses-tu ?

À cette remarque, il fit, un bref instant, la moue. Il se rappela sa petite mésaventure. Toutefois, pour ne pas déplaire, il masqua sa réticence.
— Bonne idée !
Son sourire était forcé.
— Je tiens à te préciser, je ne vais pas rouler très vite, pour que nous puissions profiter.

D'un tour de clé, elle démarra. De son moteur assez silencieux, l'engin prit la route. Alors qu'il appréciait ce genre de promenade, insolite, le fait d'être si proche du sol le mettait mal à l'aise. Aussi, afin d'éviter les haut-le-cœur, il préféra fermer les yeux, de temps à autre. Après quelques minutes, à l'approche de la côte, le vent commença à se manifester, avec violence, sur la capote.

— Regarde Alan ! Comme les îles sont proches, ce soir. On croirait que l'océan nous les a rapprochées.

Il approuva d'un signe de la tête, mais parce que le voyage lui était de plus en plus pénible, il s'efforçait de penser à autre chose. Il se rappela la soirée avec Leslie, il y a plusieurs années, un samedi soir.

Mountain Valley était le petit havre de paix où ils avaient invité leurs amis :

        Andrews et Jessica
        Steven et Ashley
        Michaël et Hannah
        David et Emily

Ils les avaient tous réunis dans leur petit appartement, situé un peu à l'écart de la ville. La plupart vivaient encore chez leurs parents, profitant ainsi de cette sécurité financière, pour finir leurs études de médecine. Seul, David avait préféré quitter rapidement le cocon familial, faisant obstacle à sa liberté d'action. Il vivait dans un modeste studio avec sa petite amie Emily, et affrontait les difficultés de la vie, par le biais de petits boulots.

Jessica était une amie d'enfance de Leslie. Lors de petits problèmes affectifs ou moraux, elles n'hésitaient pas à se confier l'une à l'autre. Andrews, son copain, était un garçon calme, studieux, préférant le climat de sécurité à une vie trépidante et dangereuse. Cela ne convenait pas toujours, à Jessica qui préférait, par moments, braver quelques dangers.

Alan était, par opposition, beaucoup plus audacieux. Il était passionné de motocross et toutes activités sportives qui suscitaient des émotions fortes. Ce côté téméraire avait certainement attiré Leslie, lors de leurs premières rencontres. En effet, depuis son plus jeune âge, elle avait toujours été un peu casse-cou. Cela faisait un peu plus d'un an qu'ils étaient ensemble. Ceux qui connaissaient toutes les péripéties que ces deux tourtereaux avaient traversées savaient qu'ils étaient faits l'un pour l'autre. Personne ici présent, à cette soirée, n'éprouvait le moindre sentiment négatif, à l'égard de cette union.

Comme à chaque invitation, Steven et Michaël s'étaient empressés de se placer, côte à côte. Au détriment d'Ashley et Hannah, qui une fois de plus, avaient échangé un regard de déception, il ne faisait aucun doute que les blagues idiotes allaient fuser. Ces deux garçons étaient vraiment incorrigibles. Quelques alcools y compris le « punch maison » étaient jonchés sur la petite table basse. C'était un minuscule salon, constitué d'un canapé et de quelques poufs. Il allait devenir le théâtre d'une scène, bien particulière. Tous, maintenant, étaient installés confortablement dans la pièce et attendaient le feu vert pour se lancer sur les amuse-gueules, accompagnant l'apéritif. Aussi, Alan et Leslie ne tardèrent pas à ouvrir les premières bouteilles et remplir les verres pour calmer l'impatience de leurs hôtes. C'est ainsi que Steven, une fois servi, leva son verre et annonça à la joyeuse troupe, le regard porté sur Leslie :
— Je lève mon verre... Aux futurs mariés !

Cette simple phrase, lancée de manière inattendue, provoqua des rires et des réactions, de surprise, dans toute l'assemblée. Certes, ils étaient favorables à leur mariage, mais préféraient, cependant, ne pas précipiter les évènements. Aussi, quelque peu gêné, Alan prit la parole :

— Heu ! Pas de précipitation. Fiancés ! Dans un premier temps.

Leslie esquissa un sourire, car elle savait très bien qu'il n'aimait pas dévoiler ses sentiments en public. De plus, certains ne savaient pas trop comment réagir, car dans ce genre de soirée, on distinguait mal la réalité de la plaisanterie. Aussi, Michaël s'apercevant de l'embarras du garçon, décida de détendre l'atmosphère par son humour.

— Écoutez-moi ! J'ai une histoire drôle à vous raconter.

Hannah, sa petite amie, craignait le pire. Elle lui jeta un regard sombre, en signe d'avertissement.

— Vous allez voir, elle est amusante !
— On t'écoute ! S'empressa d'ajouter Alan.

Le silence se fit et Michaël se lança :

— C'est un jeune couple qui fête leur nuit de noces à l'hôtel. Le garçon d'hôtel arrive et demande « Vous êtes ici pour prendre une chambre ou pour voir un ami ? »

« Pour prendre une chambre ! » Réponds le mari.

« Tenez ! Voici les clefs ! Votre chambre se situe au 8e étage. »

Alors le mari porte sa femme, conforme à la tradition. Ils montent, ils montent. Au 3e étage, la mariée dit :

« Chéri ! Il faut que je te dise un truc. »

« Non ! Ne dis rien ! Embrasse-moi ! »

Une fois arrivés au 6e étage, la mariée insiste :

« Chéri ! Je dois te dire quelque chose ! »

« Non chérie ! Ne brise pas la magie, par des paroles. Embrasse-moi ! »

Enfin arrivés au 8e étage, le mari demande les clefs à son épouse, pour pouvoir ouvrir la porte.

« Bah ! Justement, c'est de ce détail que je voulais te parler. Je les ai oubliées en bas ! »

Les rires fusèrent de toutes parts, de sorte que l'ambiance s'en trouva beaucoup plus détendue. Chacun essaya d'être le meilleur humoriste de la soirée. Jessica et Leslie s'éclipsèrent dans la cuisine, pour préparer le repas.

— Est-ce vrai que vous êtes fiancés ? Petite cachottière !

— Figure-toi qu'hier soir, au restaurant, Alan m'a annoncé ses intentions de fiançailles ! Tu ne peux imaginer qu'elle fut ma surprise ! Je ne m'y attendais pas du tout. Et il a fallu, justement, que Steven plaisante sur ce sujet.

Leslie se trouva à cet instant, un peu gênée, ce qui fit sourire son amie.

— Ce n'est un mystère pour personne, vous vous entendez si bien ensemble. Je ne vois vraiment pas où est le problème.

— Il n'y a aucun problème. Seulement, je ne suis pas encore habituée à cette situation.

À ce moment, les deux filles échangèrent un regard et ne purent s'empêcher de rire.

— Tu peux être sûre qu'ils vont encore vouloir descendre à la cave ! s'exclama Leslie.

— Qu'est-ce qui peut te faire dire ça ? s'étonna Jessica.

— Quand je les entends parler tous bas, c'est que quelque chose se prépare !

À cet instant Alan entrebâilla la porte, suffisamment pour laisser passer sa tête. Cette étrange apparition donnait un aspect comique qui fit rire les deux filles. Leslie essaya au plus vite de retrouver son sérieux et l'interrogea :

— Mais pourquoi ne rentres-tu pas complètement ? Nous ne sommes pas des monstres !

— Je, heu ! Nous allons faire un tour à la cave.

Et avant même que l'une des deux filles répondît, sa tête disparut, comme par enchantement.

— Tu vois Jessica, j'avais bien raison !

— Ils exagèrent tout de même, j'espère qu'ils ne vont pas faire comme la dernière fois !

— Rassure-toi, dans un quart d'heure, je descends les chercher.

— Elle est superbe ! s'exclama Andrews.

— Oui, Alan, je peux te le confirmer, elle est magnifique ! ajouta David.

— Quoi qu'on en dise, celle de Leslie est toute aussi jolie ! remarqua Steven.

— Oui, elles sont chouettes toutes les deux ! Alan, tu as fait du bon boulot ! félicita Michaël.

Les garçons étaient sans voix, devant le résultat de nombreuses heures de travail. Soudain, on entendit le bruit des chaussures d'une femme. Elle descendait les marches, dans leur direction. Les pas se rapprochaient de plus en plus, puis lentement la porte s'entrouvrit et Leslie apparut.

— Alors ! Toutes les filles vous attendent ! Qu'est-ce que vous faites ?

— On regarde les motos, elles sont magnifiques ! s'écria Andrews.

— Oui ! Eh bien ! Magnifiques ou pas, vous allez me faire le plaisir de remonter rapidement, car ce que l'on vous a préparé va être froid !

Leslie avait perdu son sourire. De retour dans le séjour, tous les regards se levèrent, tour à tour, vers Alan, comme à l'image d'une ola, pressentant la dispute dans le jeune couple.

— Je ne comprends pas Alan ! Nous recevons nos amis et toi, que fais-tu pour m'aider ? Rien !

Alan était sans voix, car il se sentait profondément fautif. La tête baissée, l'air penaud, il s'approcha timidement de Leslie. Rares étaient les disputes entre eux, mais ici nul doute que cela était justifié. Aussi, Leslie ne voulant pas gâcher la soirée devant leurs amis, préféra couper court.

— Eh bien ! Ne reste pas planter là ! Va donc chercher le vin, ou bien fait quelque chose !

— Alan ! Je te parle ! Insista Carol.

— Oui ! Leslie ! répondit-il, en ouvrant les yeux.

Carol avait manifestement compris qu'il s'était endormi, pendant le trajet. Aussi, elle se mit à rire, de bon cœur.

— Eh bien, Alan ! Tu t'es endormi ! Nous sommes arrivés ! Il te faudra, néanmoins, me présenter cette fameuse Leslie.

— Excuse-moi, mais je n'ai pas l'habitude du side-car. Aussi, je me suis efforcé de penser à autre chose que la route.

— Oui ! Penser à Leslie est manifestement très agréable. Lui dit-elle, plus pour l'embêter que par jalousie.

— Il y a des souvenirs plaisants et d'autres douloureux. Pour l'instant, je ne peux malheureusement pas m'échapper du passé. Dit-il, navré.

Carol avait touché un point sensible. Aussi, elle profita de cette occasion pour se manifester.

— Sache que se confier à quelqu'un, peut s'avérer être un très bon remède.

— Oui, c'est très gentil de ta part, je prends note de ton conseil que je mettrai en œuvre, le moment venu. Mais pour le moment, je crois que tes amis nous attendent.

— Entièrement d'accord. D'ailleurs, ils ont hâte de te connaître.

Elle avait senti qu'il ne fallait pas insister. Elle l'invita donc à quitter le side-car et à la suivre jusqu'à sa maison.

6

— Un air de vacances —

Une fois le portail franchi, nous marchâmes sur un dédale de pavés multicolores. De part et d'autre de l'allée, on avait planté des fleurs de toutes sortes. L'odeur de l'herbe, récemment coupée, était omniprésente. À cette heure tardive, on ne distinguait presque rien.

— Quelqu'un a laissé la lumière dehors ! Quelle chance !

— C'est une bonne idée d'avoir éclairé ces pavés. Dit-il.

— Oui, c'est vrai. Un astucieux système a été installé en dessous, pour les rendre lumineux. C'est Christopher, qui s'est proposé, pour aménager ce dispositif électrique. Il est très doué de ses mains !

— Je ne vois pas grand-chose, mais je suis sûr que tu possèdes une belle propriété.

— C'est nous ! Avertis Carol, sur le seuil de l'entrée, la porte grande ouverte.

Alan, dans son dos, n'était pas bien à l'aise. Le bouquet de fleurs à la main, il se sentait assailli par la timidité.

— Ha ! Vous voilà enfin !

Une séduisante jeune femme aux longs cheveux noirs, plutôt petite, vêtue d'un pantalon de cuir couleur prune et d'un chemisier blanc, leur adressait son joli sourire. Derrière elle, par-dessus ses épaules, on distinguait un grand jeune homme et une autre jeune femme. Leur regard brûlait de curiosité. Du fond d'une pièce, un disque de jazz dissipait sa douce mélodie.

— Je crois que c'est le moment de faire les présentations, Alan !

— Je te présente l'indomptable Jenny !

— Le bouillonnant Christopher, qui se cache derrière elle.

Il la dépassait de plus d'une tête.

— Sans oublier notre tendre Lauren, qui m'a incité à t'inviter, car selon elle, il est toujours question, que de toi.

— Ces fleurs sont pour moi ? S'empressa d'interroger Jenny.

— J'apprécie le geste. Ajouta-t-elle.

Elle voulut s'emparer du bouquet.

— Tu plaisantes, ma chère ! Détrompe-toi ! Ce présent est à mon attention.

Carol prit, vivement, les fleurs des mains d'Alan, se fraya un chemin devant ses hôtes et disparue dans la cuisine. Jenny n'insista pas et retourna dans le séjour. Lauren s'approcha d'Alan, pour lui donner quelques explications.

— Ne faites pas attention, elles possèdent beaucoup de tempérament. Ne croyez surtout pas qu'il y ait de la jalousie ou de la méchanceté, au contraire, elles s'aiment bien et s'apprécient énormément.

— Oui, c'est vrai ! Elles vont finir, encore, par m'énerver ces deux-là. Dit Christopher.

— Je préfère ça ! J'ai cru, un instant, poser des problèmes. Me voilà soulagé !

Pendant que Carol plaçait adroitement les fleurs dans un vase, la petite troupe s'installa confortablement dans le salon. Sans perdre une seconde, Christopher voulait aborder un sujet qui semblait lui tenir très à cœur. Il ne tenait pas en place, faisant d'incessantes allées et venues, devant la cheminée. Jenny, la cigarette à la main, les jambes croisées, ne put s'empêcher d'intervenir.

—As-tu fini de gesticuler de la sorte ? À te voir te comporter de cette façon, si on ne te connaissait pas, on te prendrait pour un fou.

Ses cheveux étaient en bataille et la barbe mal rasée. De larges épaules, très grand et maigre, il n'était pas particulièrement très beau. Derrières d'épaisses lunettes, ses petits yeux plissés lui conféraient, cependant, un visage d'intellectuel. Les mains dans le dos, la tête baissée, plongé dans ses réflexions, il ne disait pas un mot.

— Ne peux-tu pas t'asseoir, comme tout le monde ? Tu vas finir par nous rendre tous nerveux.

Puis, elle s'approcha d'Alan pour lui confier, à voix basse :

— Christopher est un grand nerveux, de nature. Mais, ce soir, il l'est encore plus que d'habitude.

— Ah ! Et pourquoi cela ?

— Parce que ses parents se sont faits, récemment, cambrioler.

— Oui ! Et si je tenais celui qui a osé faire ça, crois-moi, il passerait un mauvais quart d'heure !

Christopher, les mains appuyées sur la table basse, regardait Jenny avec mépris.

— Pas la peine de me regarder comme ça ! Je n'y suis pour rien, moi !

À cet instant, Carol fit son apparition dans la pièce, un plateau de toasts, entre les mains.

— Que se passe-t-il, ici ? Christopher ! Je t'entends crier de la cuisine. Je suppose que c'est encore Jenny, qui fait des siennes.

— Non ! Pas cette fois-ci. Il s'énerve à propos des cambriolages. Intervint Lauren.

— Est-il possible de passer une soirée agréable et de laisser de côté, tous les tracas ?

Personne ne répondit, seule la musique de l'électrophone rompait le silence. Elle posa le plateau sur la petite table.

— Je vous ai préparé quelques toasts. J'espère que vous allez apprécier, j'ai fait simple. Christopher ! Aurais-tu la gentillesse de t'asseoir et de nous servir un verre ?

— Heu ! Oui, bien sûr ! Docteur, une préférence ?

— Eh bien ! Je crois qu'un jus de fruit sera le bienvenu.

— Lauren nous a concocté un petit breuvage, appelé « punch maison ». Veux-tu y goûter ?

— D'ordinaire, je ne suis pas très favorable aux boissons alcoolisées. Mais là, comme je suis en congé, je ne dis pas non.

Christopher remplit les verres un à un, mais ne put éviter d'en mettre que très peu, dans celui de Jenny.

— Toi, je ne t'en mets pas beaucoup, car tu es déjà désagréable.

— Je n'ai pas besoin de toi pour me servir !

— Ils sont toujours comme ça ? Demanda Alan à Carol.

— Oui, ne fait pas attention. Ce sont de grands enfants.

En cette soirée d'été, l'air chaud, salin, de la mer, embaumait la pièce. Carol et ses amis avaient pris l'habitude de se retrouver chez elle, une fois par semaine. Ils écoutaient de la musique toute la nuit, avaient pour passion commune de découvrir, ensemble, de nouveaux talents musicaux. Ce soir-là, Jenny, avait selon elle, mis la main sur un petit bijou.

— Que penses-tu de mon disque, Carol ? Tu aimes Sidney Bechet ?

— Oui ! J'avoue que tu as décroché une petite merveille.

Quelque chose semblait troubler son esprit, ce qui la rendait très peu loquace sur le sujet. En temps normal, elle aurait argumenté son point de vue, mettant en avant ses connaissances dans ce domaine. Alan ne manqua pas de s'en apercevoir et la questionna :

— Quelque chose ne va pas ? Tu sembles pensive.

— Hein ! Heu ! Oui ! Tu as raison. C'est à propos du petit Tom, je n'arrête pas de penser à lui, je m'inquiète !

— Tu n'as aucune crainte à avoir, je peux te l'affirmer. Dans quelques jours, il sera de nouveau sur pied et jouera avec les autres enfants de son âge, comme auparavant.

— Quel métier passionnant, docteur, que celui de sauver des vies, comme vous faites ! s'exclama Lauren.

— Passionnant, mais dangereux ! Précisa Christopher.

— Tout à fait ! On ne peut savoir à l'avance le résultat de l'opération. Mais, par chance, tout s'est bien passé.

— La chance n'a rien à voir là-dedans ! Vous êtes doué, c'est tout ! Dit, sèchement, Jenny.

Puis, après un silence :
— Si j'avais autant de chance que vous, pour trouver un homme, depuis longtemps, je serai mariée.

Tout le monde rigola de cette remarque.

— Carol ! J'ai préparé le barbecue. Est-ce que je commence à faire griller les saucisses ?

— Oui ! Christopher ! Bonne idée ! Je te rejoins.

Pendant que les femmes débarrassaient le salon, Alan l'avait rejoint sur la terrasse. Il faisait encore bon, à cette heure-ci. Vêtu d'un bermuda, il sentait l'air chaud lui parcourir les jambes. Le sol diffusait la chaleur qu'il avait emmagasinée, tout au long de la journée. Une bonne odeur de viandes grillées se dispersait autour du barbecue. Décontracté, les mains dans les poches, un pull sur les épaules et noué autour du cou, il s'approcha.

— Comme il fait bon dehors !

— Vous avez raison ! Ça nous change du temps d'hier soir.

Un puissant Halogène éclairait l'extérieur de la propriété. Au-delà, en contrebas, il y avait la route sinueuse de la côte. En outre, si l'on tendait bien l'oreille, on pouvait distinguer le bruit des vagues se fracasser. Alan leva les yeux et constatait qu'il y avait une vue magnifique, sur les îles environnantes. Il marcha dans l'herbe, pour mieux contempler et reconnu immédiatement celle qui l'avait tant fasciné la veille. À l'image d'un volcan avec une forêt à son sommet, elle était d'une beauté exceptionnelle, reflétant mille couleurs dans l'océan. Carol s'était approchée discrètement de lui et observait à son tour. Alan, songeur, se retourna et remarqua sa présence.

— Ha ! Tu es là ! Je ne t'ai pas entendue.

— Que penses-tu de mon panorama ? Pas mal, non ?

Quelques centimètres, seulement, les séparaient l'un de l'autre. Dans cette pénombre inespérée, personne ne pouvait voir qu'elle lui avait pris doucement les mains. Timidement, le regard vers l'océan, il lui répondit.

— Tu as une chance incroyable !

Puis, avant même qu'il puisse rajouter un mot, Carol, sur la pointe des pieds, approcha ses lèvres des siennes et lui apposa un tendre baiser. Ensuite, dans un souffle, elle lui murmura à l'oreille :

— Merci pour les fleurs !

Surpris de ce geste, il resta sans voix. Elle le regardait dans les yeux, toute souriante. La beauté du paysage, les esprits soulagés ont certainement facilité leur rapprochement. Indubitablement, nous assistions, en cet instant, à la naissance d'une idylle. Le jeune homme, l'air hébété se mit à rire soudainement, libéra ses mains de la jeune femme et recula.

— Excuse-moi, mon rire est nerveux. Je ne sais pas pourquoi je ris, mais je ne peux pas faire autrement.

Il riait de plus belle et n'osait pas la regarder, de peur de vexer.

— Mais ce n'est pas grave ! C'est que je ne t'ai jamais vu, auparavant, dans un état pareil.

Elle vint à nouveau vers lui et prit ses mains qu'elle emprisonna autour de sa taille. Puis, dans une belle étreinte, les deux jeunes gens s'embrassèrent langoureusement.

Lauren, pendant ce temps, avait silencieusement préparé la table sur la terrasse. Toutefois, elle poussa quelques petits gloussements. Jenny avait également vu toute la scène. Elle décida d'éveiller son esprit taquin en intervenant. Elle fit quelques pas dans leur direction.

— Je ne voudrais pas vous déranger, mais le climat de ce soir est des plus, disons… chaleureux ! Je commence à avoir soif ! Dit-elle, contente d'avoir interrompu leur agréable moment, le verre tendu, vide, à la main.

Alan et Carol, gênés, se détachèrent aussitôt.

— D'habitude, tu n'as pas besoin de moi pour te servir !

— Pourquoi me cries-tu après, de la sorte ?

— Le jour où tu auras quelqu'un dans ta vie, tu comprendras !

Lauren, habituellement très diplomate, n'avait pas du tout apprécié son comportement.

— Ce n'est pas chic de ta part ! Si tu as décidé, ce soir, de nous casser les pieds, retourne chez toi, dans ce cas.

Jenny ne prêta pas attention à ces propos et se dirigea, nonchalamment, vers le barbecue. Christopher, affairé à ses saucisses, sentait sa présence dans son dos.

— Ne crois-tu pas que tu abuses un peu, non ? Tu n'es plus une gamine ! Aux yeux du docteur, tu passes pour une petite idiote.

Elle avait beaucoup d'estime pour Christopher. Décontenancée, elle fit silence quelques instants. Puis, comme le naturel reprend toujours ses droits, elle lui répondit, d'une voix hautaine :

— Tu ferais mieux de surveiller tes saucisses ! Si ça continue, elles vont être toutes cramées !

Ce fut la réplique de trop. Christopher, de son pic, embrocha une saucisse et recula du barbecue. Elle fut surprise de sa réaction, l'observait, toutefois inquiète. Il lui fit comprendre de son regard, sévère, qu'elle allait subir ses représailles. Alors, sans attendre, elle commença à courir sur la pelouse, en poussant des cris. Déterminé, il lui courra après, le pic en avant.

— Tu vas voir si mes saucisses sont cramées !

Pendant ce temps, les autres s'assirent tranquillement sur la terrasse. À l'image de spectateurs, devant une pièce de théâtre, ils observaient ces courses rocambolesques. Devant cette petite scène inattendue, ils rirent de bon cœur. Jenny courait à en perdre haleine. Christopher, de ses longues jambes, allait bientôt la rattraper.

— Je ne m'attendais pas à ce genre de spectacle pour ce soir. Dit Alan, en riant.

La beauté des lieux, la brise légère du bord de mer, la présence de Carol, il se sentait bien sur cette terrasse. C'était comme un air de vacances. Jusqu'alors, pour les besoins de sa profession, il avait mené une vie trépidante, sillonnant les différents continents. Il eut peu l'occasion de se reposer.

— Vous aimez le jazz, monsieur Katerman ? intervint Lauren.

— Hein ? Heu ! Oui, j'aime assez bien. Toutefois, je ne suis pas un grand connaisseur.

— C'est quoi tes passions ? Demanda Carol.

— Actuellement, je n'en ai pas trop, hormis celle de sauver des vies. J'avoue que dans ma jeunesse, je me passionnais pour le moto-cross. Qu'est-ce qui te fait rire ? C'est vrai !

— Le moto-cross ? Tu es effrayé en side-car ! J'ai du mal à te croire.

— Je te comprends, mais pour certaines raisons, je ne supporte plus les trajets à moto.

L'intonation de sa voix trahissait son trouble. Consciente qu'il était assiégé par de douloureux souvenirs, elle préféra ne pas s'étendre sur le sujet. Elle se leva et pria ses amis de venir les rejoindre.

— Jenny ! Christopher ! À table ! Christopher ! Tes saucisses vont, vraiment, être cramées.

De retour à table, il déposa l'assiette de saucisses, de toutes tailles.

— Qu'en pensez-vous ? N'est-ce pas appétissant ?

— Tout à fait ! Et votre cavalcade m'a mis en appétit. Donc, je vais faire honore à ton plat.

Alan embrocha, donc, deux saucisses de sa fourchette.

Jenny réapparut. Elle s'était changée et remaquillée. De plus, l'expression de son visage n'était plus la même. En silence, elle s'installa. Dans une voix presque inaudible, elle s'adressa à Carol.

— Je m'excuse de mon comportement de tout à l'heure. Je ne suis qu'une idiote !

Naturellement sensible, Carol pardonnait facilement.

— Ce n'est rien ! Dépêche-toi de te servir, cela va être froid.

Dans les minutes qui suivirent, on n'entendait que le son des couverts, dans les assiettes. Toutefois, au loin, on distinguait très faiblement, la douce mélodie du jazz. Durant tout le repas les conversations furent variées. Lauren aborda les recettes de cuisines. Jenny fit partager les nouvelles boutiques à la mode, qu'elle venait de dénicher. Et Carol, ses espoirs qu'un jour elle puisse explorer ces merveilleuses îles, tant convoitées par les touristes. Elle expliqua que, selon un décret de la police, nul n'était autorisé à s'en approcher. Seules quelques navettes avaient la permission de naviguer, selon un parcours bien établi, pour permettre quelques photos souvenirs.

Soudainement, Christopher revint sur le sujet central de ses préoccupations.

— Docteur Katerman ! Êtes-vous au courant du voleur de tableaux ?

— Oui ! Robert Fisher m'a donné quelques explications.

— C'est quand même incroyable ! Depuis un an, il sévit dans notre ville, sans que l'on puisse mettre la main dessus. Et voilà que mes parents en ont été victimes !

— Servez-vous en légumes, les garçons ! intervint Carol, qui revenait de cuisine, avec un grand plat de riz entre les mains.

— Peux-tu me donner quelques détails ? J'ai promis à Robert de consacrer de mon temps libre, pour résoudre ce mystère. Je lui dois bien ça !

— Ah bon ! Tu vas jouer au détective ! s'exclama Carol, dans un sourire.

— Enfin ! Heu ! J'espère trouver un indice.

— Et je pourrai venir avec toi ?

— Voilà, Docteur ! Je vous explique. Comme chaque année, mes parents et moi partons séjourner quelques semaines dans la famille. C'est une habitude que nous avions toujours prise et jusqu'alors tout se passait bien. Voilà, qu'à notre retour à la maison, il y a maintenant trois semaines, nous avons constaté qu'un de nos tableaux a disparu.

— Sachez, monsieur Katerman, que Christopher et son père sont des passionnés de peintures. Je n'ai jamais vu autant de tableaux, dans une maison ! remarqua Jenny.

— Effectivement, mon père est passionné d'art et de tableaux. Dès qu'une toile lui plaît, il l'achète. C'est lui qui m'a enseigné la peinture. Je n'ai pas la prétention de dire que je suis excellent, dans ce domaine, mais je me débrouille. Peindre est une de mes passions.

— Un seul tableau a été volé ?

— Oui ! Monsieur Katerman. C'était notre plus belle toile. Nous l'avions accroché dans le séjour, au-dessus du canapé. Pourquoi prendre uniquement ce tableau ? Il n'y a pas d'effraction. Comment est-il entré et sorti ? Nous habitons une résidence où tout le monde se connaît. Le moindre inconnu aurait été repéré. C'est un vrai mystère cette histoire !

— Oui, je suis d'accord avec toi. Beaucoup de questions restent sans réponse.
— On ne pourrait pas parler d'autres choses, les garçons ? Vous allez finir par me faire peur. Intervint Lauren.
— Oui, on ferait mieux de jouer à un jeu. C'est plus distrayant. Suggéra Carol, en se levant.

Elle commença à débarrasser la table, ce qui incita tous les convives à en faire de même. Quelques jeux de toutes sortes furent très vite installés. Un large choix se présentait à eux. Christopher et Alan eurent leur préférence pour une partie de dames. Les femmes se décidèrent à jouer à la canasta. Ainsi, petit à petit, les esprits retrouvèrent leur plénitude et l'ambiance fut plus détendue et agréable. Les rires avaient remplacé les discours. Les unes après les autres, les parties de cartes s'enchaînèrent. Les heures passèrent à une vitesse folle. Accaparés par les jeux, ils n'avaient pas remarqué que la nuit, progressivement, dévorait l'espace les entourant. Seule, la puissante lumière de l'halogène luttait contre l'obscurité. Soudain, parce que la fraîcheur était assurément à l'origine, Lauren tressaillit. Carol, de nature frileuse, proposa de poursuivre la soirée, dans la maison. Sans l'ombre d'une hésitation, chacun apprécia cette décision. À l'intérieur, ils prirent une tasse de café. Toutefois, le sommeil commençait à se faire ressentir. Alan s'allongea sur le canapé, pour se reposer un instant. Jenny mit un nouveau disque sur l'électrophone. Carol, de son regard amusé, contemplait son bouquet de fleurs. Lauren, un gilet sur ses épaules, cherchait à se réchauffer en tenant, entre ses mains, sa tasse de café chaud. Christopher, l'air absent, restait concentré sur sa partie de dames. Après quelques minutes de réflexion, il déplaça lentement une pièce.

— Je crois que la partie est bien engagée pour moi ! Qu'en pensez-vous, monsieur Katerman ?

Aucune réponse ne se fit entendre. Jenny s'était approchée et lui dit à l'oreille :

— Je pense que tu devras remettre, à plus tard, ta partie.

Du doigt, elle pointait celui qui s'était endormi. Aussi, les jeunes gens décidèrent de mettre fin à cette soirée. Sans bruit, ils prirent leurs affaires et sortirent de la maison. Sur le seuil de la porte d'entrée, chacun donna un petit mot de remerciement, avant de partir.

— J'ai passé une chouette soirée, Carol. Il est sympa ton médecin. Je te souhaite d'être heureuse avec lui. S'exclama Christopher, en lui prenant les mains.

— Merci ! Tu es gentil.

— Depuis le temps que tu devais me le présenter. Ça y est ! s'exclama Lauren, dans un sourire complice.

— Prends en soin. Il a l'air bien.
Jenny, la cigarette à la main, attendait patiemment derrière. Elle semblait nerveuse, le pincement de ses lèvres, en témoignait. Après une accolade amicale, Lauren lui céda sa place.

— Pardonne-moi, encore, pour mon comportement. J'espère que ton ami ne conservera pas une mauvaise image de moi.

— Ne te fais pas de soucis. Alan n'est pas venu chez moi pour te juger. Toutefois, tu te plains de ne pas avoir d'homme dans ta vie. Alors, sache que ton bonheur n'est peut-être pas si loin. Il te suffira d'ouvrir les yeux. Jenny resta songeuse à cette remarque. Que voulait-elle lui faire comprendre ?

— Je te souhaite une bonne nuit, Jenny.
À présent, elle les regardait prendre le chemin du retour. Les pavés colorés servaient de précieux indicateurs.

Une fois disparus, elle repartit, rapidement, dans la maison, auprès d'Alan. Profondément endormi, il émettait de légers ronflements. Elle mit une couverture et éteignit les lumières. Elle grimpa les marches, sur la pointe des pieds, puis jeta un dernier coup d'œil, pour s'assurer que rien ne pouvait troubler le sommeil de son tendre ami. Convaincue, elle alla se coucher.

7

— De surprise en surprise —

La douce chaleur du soleil, se propageant dans la pièce, annonçait une belle journée. Carol, assise au bord du canapé, regardait Alan émerger de son sommeil. Pour ne pas paraître brutale, elle lui parla à voix basse.

— Allez, Alan ! Debout ! Il fait magnifique !

Sans réaction de sa part, elle insista :

— Ne traîne pas ! Je ne voudrais pas que l'on soit en retard. Sache que je t'ai préparé du bacon et des œufs pour prendre des forces.

— En retard ? Mais de quoi parles-tu ?

Il se retournait pour se cacher de la lumière.

— C'est une surprise ! Je ne peux pas t'en dire davantage, pour l'instant. Tu avais du sommeil à récupérer ! Il est déjà presque dix heures. Je t'ai préparé quelques affaires, dans la salle de bains. Je pense que ça devrait être la bonne taille.

Alan n'était jamais très matinal, et le bon café qu'elle lui avait préparé, s'avérait être le remède le plus efficace pour se remettre les idées en place. Non sans mal, il fit tous les efforts pour se lever.

— Je suis sincèrement navré pour hier soir. J'espère ne pas avoir gâché la soirée. Mais c'est vrai ! Tu as raison ! Quelle belle journée ! D'ailleurs, je ne sais pas ce que tu as prévu, mais je dois penser à Moky. Il doit mourir de faim !

— Rassure-toi, ce n'est pas un problème, nous le prendrons en passant.

Elle se redonnait une petite pointe de rouge, sur les lèvres. Une fois le café avalé, il fonça sous la douche. Puis, quelques minutes plus tard, il fut prêt, habillé de sa nouvelle tenue. Sans perdre un instant, elle ferma la propriété et mit ses affaires dans le coffre de sa voiture.

— Excuse-moi de te presser ainsi ! Mais nous avons rendez-vous à une heure précise. J'ai préparé des sandwichs dans le cas où nous aurions un petit creux.

— Je vois que tu penses à tout ! dit-il, en montant dans la voiture.

Un foulard sur les cheveux, les lunettes de soleil sur le nez, Carol affichait son beau sourire, au volant de sa petite décapotable rouge. L'allure était sportive. Sans quitter la route des yeux et dans un geste qui semblait vouloir corroborer avec les évènements de la veille, elle prit gentiment la main d'Alan et la porta à sa joue. Silencieux, il profitait du paysage, sur cette route de bord de mer.

Sitôt arrivés à Bluetown, Carol prit soin de ralentir, car les rues principales étaient assiégées par les touristes. La ville était totalement différente de celle des jours passés, au point que pour y circuler, il fallait faire preuve de prudence.

— Que de monde, aujourd'hui ! On se croirait un jour de manifestations ! intervint Alan.

— Je te ferai remarquer que les gens ne voudront pas manquer le magnifique feu d'artifice, programmé pour ce soir.

— Ha oui ! C'est vrai ! Mes obligations professionnelles m'accaparent tant l'esprit, que j'en oublie le reste !

Après quelques détours pour éviter le plus gros de la foule, ils arrivèrent à la maison de Fisher. Son chien, qui attendait patiemment devant la maison, se manifesta en aboyant.

— Hé oui ! Me voilà mon cher Moky !
D'un bond, le magnifique labrador sauta dans la voiture.

— Doucement ! Calme-toi, maintenant ! Je ne voudrais pas que tu salisses tout ! Et j'ai déjà pris la douche, donc évite de me nettoyer le visage.

Carol ne manqua pas de rire, en voyant ses deux hôtes lutter à l'arrière de la voiture.

— Dites ! Les enfants ! Quand vous serez prêts, vous me préviendrez.

Une fois installé, Moky prenait toute la place. Alan repassa à l'avant et boucla sa ceinture. Il était tout en sueur. Carol reprit la route et émit quelques petits rires.

— Oui, je sais ! C'est risible, mais il est d'une force ce chien ! s'exclama Alan, riant à son tour.

Quelques instants plus tard, ils arrivèrent au port. Sitôt sortis de la voiture, il la prit par la taille, la plaqua gentiment contre la portière et l'embrassa avec tendresse. Bloquée, elle se sentait prisonnière de cette étreinte. Moky, la langue pendante, observait sans bruit. Toutefois, il ne s'avérait pas être le seul témoin de cette langoureuse embuscade.

— Tiens ! Mais voilà à nouveau nos deux tourtereaux ! Regarde Christopher ! Je ne voudrais pas que tu loupes ce si beau tableau ! S'exclama, Jenny, toute souriante.

Assis sur une chaise pliante, Christopher était accaparé par sa peinture. Cependant, poussé par la curiosité, il tourna la tête.

— Tu ne vas pas recommencer tes moqueries ?

— Mais non ! Rassure-toi ! Tu me prends pour une idiote ou quoi !

Puis, voyant ses amis venir dans leur direction, elle changea l'expression de son visage par un sourire de circonstance.

— Ha ! Vous êtes là ! Quelle agréable surprise ! Dit Carol.

— Mais que fais-tu Christopher ? Tu peins ?

— Heu, disons que j'essaie de faire quelque chose sur cette toile. Répondit-il, le bras tendu vers l'horizon, le pinceau servant de mire.

Dans son dos, Jenny, moqueuse, imitait son geste avec le pouce incliné vers le bas à l'image d'un empereur qui décide du droit de mort d'un gladiateur.

Il y avait d'incessantes allées et venues des promeneurs, le long du port. Les petites boutiques collées les unes aux autres, entourant la place, attiraient les touristes, comme du miel pour les abeilles. La majorité des bateaux, amarrés, étaient investis par leur propriétaire.

Au loin, bien au-delà, on distinguait, en partie, une des îles qui suscitait admiration et stupéfaction. Le point de vue, magnifique, était le rendez-vous incontournable des peintres amateurs.

— Mais c'est admirable ! Quel réalisme !

— Oui ! J'avoue que je partage votre point de vue, monsieur Katerman ! Observa Jenny.

— Une des rares qualités de notre cher Christopher. Encore faut-il avoir un œil non avisé pour apprécier.

Ne fallait-il pas voir, là encore, de la plaisanterie ? Carol, présageant à nouveau une discorde, préféra couper court !

— Bon ! Alan ! Tu viens ? On va être en retard !

— Amuse-toi bien Christopher ! Et bon courage !

Moky, docilement, les suivit. Ils firent quelques mètres et furent stoppés net par la foule, qui s'amassait au niveau des bateaux de croisière. Elle sortit de son sac les deux précieux billets de réservation. Puis, elle lui fit signe de la suivre, pour se faufiler vers l'embarquement. D'un haut-parleur, une voix annonçait le départ imminent. Un jeune marin, préposé à l'accueil des touristes, tamponna les tickets et les invita à s'installer. Le chien se coucha à leurs côtés. On largua les amarres et le bateau partit aussitôt.

— On a eu de la chance ! Un peu plus et c'était trop tard !

— Une promenade en mer ! Pour une surprise, c'est une excellente idée, Carol !

Constitué d'une petite cabine à l'avant, où le capitaine et un guide occupaient la place, le bateau semblait tout petit. Une vingtaine de touristes étaient à son bord, pas plus. En majorité, les chapeaux et les bobs couronnaient leurs têtes. Munis de leur appareil photo, ils semblaient à l'affût du moindre détail, pour prendre un cliché. Les visages étaient, de temps en temps, giflés par la petite brise. C'était vivement apprécié, la réverbération provoquait une chaleur étouffante. À présent, on s'éloignait de plus en plus du port. Le tumulte y régnant, s'amoindrissait au fil des vagues. Doucement bercé par l'océan, le bateau filait, selon un tracé bien défini, à destination des îles alentour. À mi-chemin, ils croisèrent un autre bateau, de retour. Arrivé à sa hauteur, les passagers, essentiellement des vacanciers, agitaient les mains pour saluer. En outre, les sirènes retentissaient leur son grave, en guise d'amusement. Au grand damne des habitants de Bluetown, ce va-et-vient, incessant, représentait la principale activité touristique de la région. Bien que l'agitation ait remplacé le calme, les commerçants entrevoyaient, toutefois, leur situation plus rentable.

La mer était belle et calme. Les mouettes accompagnaient le bateau, un bref instant, avant de rejoindre la côte. On ne pouvait pas fixer l'horizon, bien longtemps, tant les reflets du soleil étaient intenses. Toutefois, on approcha, insidieusement, de la première île.
— Tu vas voir, Alan ! Il y a trois îles en tout. D'ici, on distingue la première et en partie une autre, derrière.
— Et la troisième ?
— Elle est entre les deux. Tu ne peux pas la voir, maintenant, car elle est masquée.

À l'approche de la première île, le bateau ralentit. Celle-ci était toute en longueur et laissait dévoiler sa merveilleuse plage de sable fin. Du haut-parleur, le commentateur expliqua qu'un décret interdisait toute personne de s'en approcher, pour conserver la beauté de ces lieux. La nature reprenait ainsi ses droits, en toute quiétude et loin de toute pollution. Une forêt de pins y avait pris domicile ainsi que quelques animaux sauvages. Comme on pouvait s'en douter, quelques photos furent prises, en guise de privilège, car c'était la seule chose autorisée. La mer bleuâtre venait doucement déposer son écume sur le sable chaud, comme une douce caresse. Puis le bateau reprit sa route avec à son bord des passagers émerveillés. Carol fouinait dans le fond de son sac, pour trouver à manger pour le chien. Elle releva la tête, tout sourire.

— Alors ! Alan ! Tu aimes ?
— Comment ne puis-je pas aimer ? C'est magnifique ! Je te remercie de cette belle promenade.

Dans un geste tendre, de ses mains chaudes, il lui prit les siennes et l'embrassa.

La deuxième île était entièrement différente de la première. En forme de fer à cheval, des récifs à chaque extrémité, elle renfermait une petite crique. Au premier abord, elle donnait un sentiment de sécurité ou nombreux rêveraient de s'y aventurer. Toutefois, la voix du haut-parleur expliqua que ce lieu était sous surveillance constante, par les garde-côtes. Reconnue pour avoir des bancs de poissons en grosses quantités, c'était malheureusement un repère convoité par les pêcheurs peu scrupuleux. À cette annonce, tous les visages furent empreints de dégoût, d'écœurement face à cette sottise. Malgré tout, la faune et la flore, prédominantes, conféraient un aspect sauvage.

Puis soudain, les passagers firent des cris d'étonnement, mélangés à une certaine crainte, s'affichant sur leur visage. En effet, la troisième île, en retrait des deux autres, émettait, de façon intermittente, une intense lumière blanche, à son sommet. Les gens, impatients de prendre une photo, se bousculaient pour avoir la meilleure place. Alan avait mis sa main au-dessus de ses yeux en guise de visière. Moky, dévorant quelques croquettes, était le seul à y prêter peu d'attention.

— Qu'est-ce que c'est ? As-tu une idée, Carol ?

— Non, désolée, je n'en ai aucune.

Pour calmer l'agitation qui venait de se manifester suite à cet étrange évènement, la voix du haut-parleur donna quelques explications.

— Mesdames, Messieurs, n'ayez crainte. Il arrive parfois que cela se manifeste. L'île que vous voyez, au loin, c'est l'île « rocher » ! Il y a une légende qui la concerne. Toute personne qui tenterait de s'en approcher ou d'y pénétrer, mettrait sa vie en danger. La lumière, que vous avez vue, est, en quelque sorte, comme un œil ou une sentinelle qui surveille en permanence tout autour. Il faut voir cela juste comme un avertissement.

— Ils cherchent à nous faire peur, mais avec moi, cela ne prend pas ! La légende est plutôt un moyen d'attirer le tourisme.

— Tu as certainement raison. Toutefois, c'est bien fait, alors ! Moi, ça me donne la chair de poule. Avoua-t-elle, en se blottissant, tout contre lui.

Puis, conformément à la visite guidée, le bateau contourna les îles. Il stoppa une vingtaine de minutes, masqué du soleil, au dos de l'île « rocher ». Quelques mètres les séparaient de cette énorme masse, rocheuse. Situés dans son ombre, la fraîcheur inopinée, qui s'en dégageait, apportait le plus grand bien. Carol et Alan profitèrent de cette petite halte pour manger leurs sandwichs et se désaltérer. De cette mer calme, le bateau était doucement bercé par les vagues. Les discussions allaient bon train, principalement liées à la légende. Alan reconnaissait bien celle qui l'avait tant fasciné depuis la route. Tel un gigantesque mur se dressant devant eux, cela ajoutait une dimension surréaliste. La surface était abrupte et il n'y avait aucun point d'accès pour celui qui envisagerait de l'escalader. De plus, le bateau était trop proche pour pouvoir en distinguer le sommet.

Ensuite, la petite croisière se termina et ils rentrèrent au port. Cette promenade, ensoleillée, en mer, leur donna des couleurs. Sitôt, les pieds sur terre, ils rejoignirent leurs amis, confortablement installés à une terrasse de café. Jenny, les yeux rieurs, prit la parole la première :

— Alors, les amoureux ! C'était bien ?

— Oui, c'était superbe à voir ! Surtout la deuxième île en forme de fer à cheval, un coin vraiment paradisiaque ! s'exclama Carol, en s'asseyant.

— Et je suppose que vous avez eu le droit à cette histoire de légende ? Ils feraient n'importe quoi pour attirer les touristes.

— Oui, Christopher ! Et c'est surtout Carol qui a eu peur.

Cela déclencha un rire général.

— Non, mais sérieusement monsieur Katerman ! Vous y croyez à cette légende ?

— Tu sais, j'ai l'esprit cartésien, donc...

— De toute façon, je ne sais pas ce qu'on irait faire sur ce caillou ! Dit Jenny.

— Et ton tableau, Christopher ?

— Je ne dirai pas que c'est une pleine réussite, monsieur Katerman, mais je ne m'en suis pas trop mal sorti !

— On peut le voir ? Questionna Carol.
Christopher semblait hésitant et cherchait dans les regards, un encouragement.

— Surtout, ne te sens pas obligé. Pria Jenny.

Alors, sa réaction ne se fit pas attendre, il montra sa toile plus dans l'idée de l'exaspérer, que par fierté. Aussi, il fut agréablement surpris. Ses amis exprimèrent des « Ho ! » et des « Ha ! » d'émerveillement.

— Il est vraiment réussi ton tableau ! s'exclama Alan.

— Oui ! Tu as un réel talent, ça ne fait aucun doute. Renchéris Carol.

Les jeunes gens passèrent une bonne partie de l'après-midi à se rafraîchir sur la terrasse et à profiter du paysage. Sur la place, un vendeur de glace, ambulant, n'avait pas un moment de répit. Pour les touristes, cartes postales et autres cadeaux souvenirs représentaient les principales dépenses. Dans le port, de retour de promenade, les bateaux reprenaient tranquillement leur place réservée. À la vue de ces peaux bronzées, on affirmait que ces balades en mer produisaient un effet de solarium naturel.

Puis, la petite troupe se sépara pour se retrouver, le soir même, sur la plage pour voir le feu d'artifice. Carol, assise sur le sable, était blottie dans les bras de son chéri. Les fusées, multicolores, offraient un spectacle saisissant. Cela suscitait émotion et stupéfaction. Toutefois, lorsque le ciel noir s'illuminait tout de blanc, Alan ne put s'empêcher de faire allusion au mystérieux faisceau émanant de l'île «rocher». Selon lui, on ne pouvait admettre la présence de phénomènes paranormaux. Il y avait une explication logique à déterminer. Mais, ce n'est pas tant ce mystère qui le laissait dubitatif. Il s'agissait plutôt du décret mis en place, pour interdire quiconque de s'approcher et pénétrer ces îles. Pourquoi tant de précautions ? La sauvegarde de la nature, à elle seule, ne lui suffisait pas comme justificatif. Et puis quelque chose le surprenait également, Robert n'a jamais fait d'explications les concernant. Lui cache-t-il quelque chose ? Tout en restant songeur, il admira le bouquet et enserra sa tendre amie.

8

— Escapades en amoureux —

A l'étage, Alan fouillait dans une armoire. Persuadé qu'il les avait ramenées, il s'obstinait à les chercher. Carol, sur le seuil de l'entrée, essayait de maintenir Moky en laisse. Généralement obéissant, il montrait son impatience de se promener au-dehors.

— Dépêche-toi !

Elle espérait voir son maître redescendre au plus vite. Il la rejoint, à regret, les mains vides.

— Je croyais les avoir ramenées. Dommage ! Des jumelles, c'est pratique.

Il prit son chien, pour la libérer de cette épreuve de force.

Plus d'une semaine s'était écoulée, depuis leur première rencontre. Carol l'avait poussé à venir s'installer chez elle. Outre ses sentiments, cette opportunité de rendre la maison à Robert était bienvenue. Aussi, de temps en temps, il retournait à Bluetown prendre des affaires. Fallait-il considérer ce petit déménagement comme un acte résolu ? Il n'avait pas renoué de relation amoureuse, depuis des années. Dans le fond de son cœur, elle y croyait très fort. Bien qu'il ait ses habitudes de solitaire, il s'accommodait très bien de ce nouveau style de vie. Jeune femme très patiente, pleine de vie, elle savait pertinemment qu'il ne fallait pas brusquer les choses. Par conséquent, elle resta dans l'expectative, afin de voir l'évolution de cette relation. Leurs sensibilités, leurs goûts communs, pour les petits plaisirs de la vie étaient des alliés qui les rapprochaient, un peu plus chaque jour. S'ajoutait à cela une envie, partagée, irrésistible d'aventures. Toutefois, elle était convaincue que des souvenirs douloureux, issus du passé, assiégeaient en permanence cet homme. La fameuse Leslie était-elle à l'origine de ce mal-être ? Elle avait pris la décision d'attendre le bon moment pour en savoir plus et ainsi, le libérer de ce lourd fardeau.

— Tant pis pour tes jumelles mon chéri, mais ne tardons pas si tu veux que l'on pique-nique par ce beau temps. Je te rappelle que le climat est capricieux, en bord de mer.

Ils montèrent sans tarder dans le pick-up, Moky s'installa à l'arrière. Depuis qu'il avait récupéré le véhicule, après la réparation de son aile, au garage, il avait pris soin de ranger les quelques photos de Leslie, craignant la jalousie. Carol avait opté pour une tenue légère pour profiter du soleil. Coiffée d'un chapeau de paille, d'un tee short blanc, d'un minishort bleu ciel et d'une paire d'espadrilles, elle se sentait tout à fait prête pour ce petit dîner champêtre, en tête à tête. Cela faisait depuis longtemps, qu'elle rêvait de ce genre de promenade. Jusqu'alors, les quelques rencontres qu'elle avait eus avec ses précédents séducteurs s'étaient malheureusement soldées par un échec. À ses yeux, il était le seul homme qui avait su la comprendre, partager ses envies et ses désirs, sans pour autant s'imposer. De plus, il avait le don, par un sourire, de désamorcer toute situation conflictuelle.

Après quelques kilomètres, elle lui fit signe de se garer dans un petit chemin, à l'ombre, aux pieds des arbres. Ils descendirent tous les trois du véhicule. Il tenait, d'une main, le panier de victuailles et de l'autre, Moky par la laisse. Elle portait, autour de son cou, une grande serviette de plage. Ils poursuivirent tranquillement leur randonnée, sous une voûte d'arbres, qui leur offrait diverses senteurs. L'air chaud salin, se diffusait au niveau des pieds, jusqu'aux jambes et contrastait avec la fraîcheur de la forêt. Cette agréable sensation de chaud et froid fut vivement appréciée. Hormis, le vent dans les arbres et les douces mélodies des oiseaux, seul le bruit de la mer persistait, au loin. Alan, s'assurant qu'il n'y avait qu'eux, libéra son chien de sa laisse. Ainsi, il gambada plus en avant, dans le sentier. D'un pas nonchalant, main dans la main, le sourire s'affichant sur leurs visages, ils cherchèrent un endroit adéquat, pour pique-niquer.

— Je pense que nous serons très bien, là. S'exclama, Carol.

— Oui, cela me semble parfait.

Il posa le panier et parla à son chien, comme un père de famille qui s'adresse à son enfant.

— Nous sommes là, Moky ! Ne t'éloigne pas trop !

Cette recommandation la fit quelque peu sourire. Aussi, tout en vidant le panier, elle se permit une question, bien à propos.

— Dis-moi, mon chéri ! Tu n'as jamais eu d'enfant ?

— Non, je n'ai pas eu cette chance.

— Et pour quelle raison ?

Elle était consciente de faire ressurgir de mauvais souvenirs. Pour ne pas le mettre mal à l'aise dans sa réponse, elle préféra ne pas le regarder. Elle fixa son attention sur les différents éléments du panier, elle les disposait adroitement sur la serviette. Au menu, il y avait salade de pommes de terre, poulet frit, wraps et quelques cookies pour le dessert.

— Je comprends ton étonnement, car avoir des enfants est une chose naturelle.

— Et ?

— Et je pense que nous ne devrions pas attendre pour manger ces quelques sandwichs avant que Moky vienne nous perturber.

Il riait de bon cœur, elle comprit la diversion et n'insista pas.

Le repas se passa tranquillement, accompagné de sourires complices. Moky faisait en permanence des allers et retours, de la plage à leur petite aire de repos. En ce début d'après-midi, sous les arbres, la chaleur se manifestait déjà. Aussi, une fois le dessert avalé, ils décidèrent d'un commun accord d'aller marcher le long de la plage, pour profiter du vent du large. Sous leurs pieds, le sable était brûlant. Ils coururent jusqu'à l'eau pour les rafraîchir. La vue était magnifique.

C'était une longue plage, sans surveillance, un peu sauvage. L'eau était d'une grande clarté et abondante en petits poissons. Sur le sable fin, quelques coquillages rejetés par la mer, espéraient servir un jour d'ornement dans les maisons. Moky, joueur de nature, s'amusait à récupérer un bâton que lui lançait son maître. Poussés par un désir grandissant, ils se baignèrent et passèrent plus d'une heure à alterner brasses et baisers langoureux. Le chien pataugeait à proximité.

Sortis de l'eau, côte à côte sur le sable, les corps tout ruisselants, ils observaient l'horizon. Comme à l'accoutumée, il y avait le ballet incessant des bateaux de croisière et l'on percevait le son des sirènes. C'était surtout l'immense masse rocheuse qui attirait leurs attentions. Elle semblait toute proche, de par son imposante présence.

— Comme j'aimerais visiter cette île ! Dommage que cela soit interdit.

Elle faisait la moue. Il observait sans dire un mot. Un silence qui laissait supposer son approbation. Ils quittèrent la plage, main dans la main, en laissant derrière eux des rêves de conquêtes, d'aventures. Soudain, le vent fut de plus en plus fort. Ce qui annonçait un probable changement de temps. Ils se dépêchèrent pour récupérer leurs affaires et à rejoindre la voiture. Sur le trajet de retour, une petite pluie fine se dessinait sur le pare-brise.

— On a de la chance, on rentre au bon moment !

— Oui, mais ne t'inquiète pas, cela ne dure jamais très longtemps. Bienvenue au bord de mer !

Une fois à la maison, ils prirent une douche. Moky retrouva son bol de croquettes. Puis, tranquillement installés dans le salon, ils savourèrent une petite tasse de chocolat.

— Profite de ce petit moment de repos, car nous repartons en promenade ! Elle avait les yeux rieurs, son sourire caché derrière sa tasse.

— Je n'y vois aucun inconvénient. Mais j'espère que tu ne comptes pas m'emmener sur l'île « rocher » !

— Mais non ! Rassure-toi ! J'aimerais juste faire une petite balade à vélo, le long de la côte. J'ai la chance d'avoir la mer, la ville et la campagne. Je tiens à t'en faire profiter.

— Je partage ton avis, cette région est magnifique !

Sans plus tarder, ils prirent deux vélos, situés dans le garage. La pluie avait laissé la place au soleil. Elle avait noué un petit foulard autour de sa tête pour maintenir sa coiffure, à l'abri du vent. Prudent, il vérifia l'état des pneus et les freins.

— Tu me parais bien soucieux.
— Je ne souhaite pas qu'on ait le moindre désagrément, pendant notre promenade.
— Et Moky ! Vient-il avec nous ?
— Bien sûr ! Il a l'habitude de me suivre quand je suis à vélo.

Ils quittèrent la propriété et roulèrent en direction du bord de mer. Moky, impatient, les devançait de quelques mètres. La route, légèrement en pente, accompagnée du vent puissant, ne leur demandait aucun effort. Ils se laissèrent, ainsi dirigés, au dehors de la ville. Sans un mot, elle l'observait et se sentait heureuse de voir ce visage, souriant, empreint de gaieté. Amoureuse, elle prenait plaisir à le fixer, discrètement, du regard et s'amusait de le voir ainsi figé dans ce beau paysage, qui défilait tout autour de lui. Il ne fallait pas se fier aux apparences. Depuis leur première rencontre, il montrait parfois les signes d'un esprit accaparé, par de douloureux souvenirs.

— Nous nous rapprochons de Bluetown, si je ne me trompe pas.

— Oui ! À vélo, nous aurons vite fait de rejoindre la ville. Mais nous allons la contourner, prendre une petite route dans la campagne, pour être tranquille.

— Je te fais confiance, je ne connais pas bien la région.

Quelques kilomètres plus tard, ils arrivèrent à destination. Ils prirent un chemin de terre pour s'enfoncer, plus en avant, vers la forêt. De part et d'autre, des champs de maïs ornaient la plaine, à perte de vue. Parce que le chemin devenait escarpé et moins praticable, ils continuèrent à pied. Moky, loin devant, jetait un œil de temps en temps, pour ne pas les perdre. Le vent, omniprésent, giflait les branches de maïs. L'ondulation provoquée donnait l'image d'une vague se perpétrant, dans cet océan de verdure, jusqu'à l'horizon. Loin de toute agitation, la campagne apportait un apaisement bien profitable.

— Comme c'est calme ici ! remarqua Alan.

— Oui ! À chaque fois que je viens, j'ai l'impression que le temps s'est arrêté. C'est idiot, non ?

Puis, subitement, il eut le désir de jouer un tour à son chien. Il invita Carol à laisser, tout comme lui, son vélo sur place et à s'engouffrer dans le champ, le plus discrètement possible.

— Mais à quoi joues-tu Alan ?

— Suis-moi !

Il la tenait par la main et couru à travers champs. Il lui indiqua de se mettre accroupie et de faire silence.

— Il m'arrive parfois de jouer à cache-cache avec Moky ! Tu vas voir comme il est doué pour nous retrouver.

— Je ne te connaissais pas si joueur. Tu retournes dans l'adolescence, c'est amusant.

Puis, comme cette situation cocasse le permettait, Carol fixa Alan dans les yeux et approcha ses lèvres des siennes. Camouflés dans le maïs, à la vue de quiconque, elle se sentait démunie de toute inhibition. Il profita de cet instant pour la serrer dans ses bras et l'embrassa.

Ce petit moment intime allait vite prendre fin, on entendait, déjà à proximité, les bonds spectaculaires que prodiguait Moky pour les rechercher. Une sorte de torpeur se lisait sur leurs visages à l'idée que le chien leur saute dessus. Aussi, ils devaient s'attendre à sortir, au plus vite, de cet espace confiné et abandonner leur cachette. Du fait de son flair inéluctable, Moky mit peu de temps à les retrouver. Ils se relevèrent et repartir en direction de leurs vélos pour poursuivre la promenade. Ils s'amusèrent ainsi, tout au long du chemin, à se cacher à tour de rôle. Moky qui adorait ce genre de jeu, se montra bon joueur.

Toutefois, subitement, le comportement de l'animal changea. Il ne fit plus signe de vie. Croyant à une ruse de sa part, ils l'appelèrent, pour lui faciliter la recherche. Mais le chien ne répondait pas. Il mit ses mains en porte-voix et vociféra.

— Avec le vent, il ne doit pas t'entendre, Alan !

— Oui ! Tu as certainement raison. Prenons les vélos et partons à sa recherche. Je ne comprends pas ce qu'il lui a pris.

Ils enfourchèrent les bicyclettes, au plus vite. L'inquiétude se lisait sur les visages.

— D'ordinaire, Moky ne me fait pas ce genre de cachotterie. J'espère qu'il ne s'est pas blessé !

— Ne t'inquiète pas, nous allons le retrouver, j'en suis certaine. Plus que quelques mètres à parcourir et le chemin descend. Ça deviendra plus facile.

Soudain, on distingua, au loin, les aboiements du chien. Alan roula à vive allure, tout au long de la descente. Le son strident des freins accompagnait sa course. Carol, derrière, avait peine à le suivre. Moky apparut, enfin, à une centaine de mètres, plus bas. Sur ce chemin scabreux et bosselé, il se concentrait pour ne pas tomber. Moky, attendait impatiemment son maître, à la lisière du bois. Sur la gauche, un sentier se dessinait à travers les arbres. Il eut à peine le temps de mettre un pied à terre que son chien s'engouffra dans la forêt, l'incitant à le suivre. Par crainte de le perdre à nouveau, il ne prit pas le temps d'attendre Carol et pénétra à son tour dans cette forêt dense.

Qu'avait donc découvert Moky ? Ou l'emmenait-il donc ainsi ? Il précipita le pas pour le retrouver au plus vite. Maintenant, le bois s'éclaircissait de plus en plus où le soleil laissait entrevoir une petite clairière, un peu plus bas. Une fois sur place, une douce brise investit les lieux et l'air salin rappelait immanquablement le bord de mer. De cet endroit, Alan pouvait distinguer l'océan. Mais le plus surprenant, pour lui, fut la présence de cette petite cabane, bien camouflée, au cœur de cette forêt. Moky reniflait, tout autour, comme s'il avait décelé une présence humaine. Sans bruit, il se rapprocha et calma sa bête.

— Alors c'était donc ça qui t'a mis dans un état pareil !

Il jeta un coup d'œil, discrètement, à travers l'unique petite fenêtre. Une épaisse couche de poussière rendait la vision difficile.

— Ha ! Enfin ! Je vous ai retrouvés.

— Désolé de ne pas t'avoir attendu, ma chérie, mais Moky me forçait à le suivre.

— A-t-il découvert quelque chose ?

— Une petite cabane. Rien de bien palpitant.

Il caressa sa bête.

Ainsi, rassurés, ils poursuivirent cette randonnée improvisée, main dans la main. Moky gambadait, de nouveau, calmement à leurs côtés. Quelques instants plus tard, Alan éprouva une étrange sensation. Il s'arrêta de marcher, regarda autour de lui et fixa Carol droit dans les yeux.

— Quelque chose ne va pas ?

— Non ! Je viens juste de comprendre que nous sommes exactement à l'endroit où je me trouvais le soir de mon accident.

Rappel toi ! Quand je t'ai parlé du terrain vague.

— Oui, je me souviens bien ! Et alors ?

— Alors ! Ce soir-là, j'ai vu de la lumière, mais Robert Fisher prétend que personne ne demeure ici.

— Et c'est ce que nous avons constaté, non ?

— Oui, nous n'avons vu personne, mais Moky, lui, ne se trompe pas ! Il a indiscutablement flairé la présence de quelqu'un, ce qui explique sa dérobade.

— Et qu'est-ce que cela prouve, monsieur le détective ?

Moqueuse, elle lui prenait les mains, le sourire aux lèvres.

— Je ne sais pas, mais j'aimerais clarifier cela.

À ce moment précis, Moky se mit à grogner. Ils tournèrent la tête dans sa direction. La bête détala aussitôt à travers les détritus, vers le bord de mer. Sans prendre le temps de la réflexion, ils se lancèrent à sa poursuite, hélant la bête.

— Viens ici Moky ! Cria Alan.

En outre, à cause du vent, il ne pouvait pas entendre les appels de son maître. Soudain, le chien stoppa net. Face à lui, un homme muni de jumelles, observait le large. Moky aboya plusieurs fois. Apercevant l'animal, le mystérieux individu resta figé. Toutefois, à la vue des deux jeunes gens qui se rapprochaient, il prit la fuite et s'enfonça dans la forêt.

Alan calma sa bête et lui remit la laisse, de peur qu'il ne s'échappe à nouveau.
— Tu as vu Alan ? Qui était-ce ?
Elle était éprise à la fois de curiosité et d'inquiétude.
— Aucune Idée ! Il a eu peur du chien, c'est certain ! Probablement l'occupant de la petite cabane que nous avons découvert. Son comportement reste toutefois étrange ! Avoir peur de Moky est une chose, mais cela n'explique pas sa fuite. Quelque chose me dit qu'il ne désire en aucun cas être vu, par quiconque. Je dois élucider cela.
— Que vas-tu faire ?
— Je vais, de ce pas, voir Robert Fisher et lui signaler la présence de cet individu.
— Crois-tu qu'il soit en rapport avec ces vols de tableaux ?
— Il ne faut pas avoir de conclusion hâtive. Nous n'avons rien en fait, à lui reprocher.
— Enfin de l'action ! s'exclama Carol, en se blottissant contre lui.

Ils firent le chemin inverse et s'imaginèrent, tout au long du retour, avoir résolu l'énigme des audacieux vols de tableaux et recevoir les félicitations éclatantes de la population de Bluetown. Ils s'amusèrent à endosser l'un, l'autre, le rôle de détective et donner une explication, inventée, sur cette petite escapade. Conscients que tout cela était exagération, ils riaient de bon cœur. De retour à la maison, ils laissèrent Moky dans la propriété. Puis, sans tarder, ils prirent le pick-up en direction de Bluetown et plus précisément le bureau du shérif.

9

— Surprenantes révélations —

Confortablement installé dans son fauteuil en osier, Robert Fisher était plongé dans la lecture de son journal. Sur le bureau, une tasse de café, un reste de sandwich, du courrier en abondance et quelques fournitures donnaient l'illusion d'un véritable foutoir. Les jambes tendues, l'une sur l'autre, reposaient en partie, sur une pile de documents. Les pièces, larges, mais peu profondes, étaient disposées en enfilade et le shérif siégeait principalement dans celle du fond. Malgré la crasse omniprésente sur les carreaux, les rayons du soleil apportaient de la clarté dans la pièce. En chaque fin d'après-midi, Fisher s'accordait toujours quelques instants à se changer les idées, en épluchant les faits divers ou à rêvasser en regardant le plafond.

—Toc-toc-toc

Robert, instinctivement, avait légèrement basculé son journal, pour découvrir celui qui venait interrompre sa tranquillité, à une heure si tardive. Dans un épais nuage de fumée, issu de son gros cigare, il s'exclama :

— Ha ! C'est toi Alan ! Rentre donc.

Il s'exécuta, avança dans la pièce, suivi de Carol, dans ses pas. Fisher, conscient à cet instant précis de l'intrusion de la gent féminine, dans ses lieux, se redressa immédiatement, pour donner meilleure figure. Puis, en un éclair, il écrasa maladroitement le cigare dans le cendrier.

— D'ordinaire, je n'ai plus de visites à cette heure-ci ! Mais asseyez-vous ! Ça me fait plaisir de vous voir tous les deux.
Il poussa d'un bras le monticule de courriers, pour faire place nette.

— J'espère que l'on ne vous dérange pas, monsieur Fisher ! Alan tenait absolument à venir vous voir, au plus vite.

— Mais quelle idée ! Au contraire ! Ma porte sera toujours grande ouverte pour vous. Dit-il, dans un grand rire qui ne trouva aucun écho.

Constatant que ces deux visiteurs du soir n'avaient visiblement pas le cœur à la plaisanterie, il s'interrogea sur l'objectif de leur venue.

— Vous n'avez pas de problèmes, au moins ?

— Non, non ! Rassurez-vous ! C'est à propos des vols de tableaux. S'exclama Carol.

— Vous avez trouvé le coupable ?

— Ne nous emballons pas trop vite. Répondit Alan pour faire redescendre une possible effervescence.

Carol, consciente de s'être comportée comme une petite fille qui ne pouvait pas garder un secret, s'excusa aussitôt.

— Oui ! Tu as raison mon chéri ! Je te laisse parler.

Sans interrompre la conversation, Robert avait pris discrètement une corbeille, pour jeter son reste de sandwich et tout ce qui était inutile sur le bureau. Puis, après avoir fait un peu d'ordre, il s'assit de nouveau dans son fauteuil, non sans bruit, ce qui trahissait son embonpoint.

— Je t'écoute Alan !

Il se cala dans le fond du dossier.

— Voilà ! Carol et moi sommes retournés par le plus grand des hasards sur le terrain vague, dont je t'ai parlé il y a quelques semaines, maintenant. Tu te rappelles ?

— Oui, c'est possible ! Tu sais, parfois, ma mémoire me fait défaut.

Il ouvrit une petite bouteille de bière. Malgré tous ses efforts, sa nature de bon vivant reprenait toujours le dessus. Amusée, Carol éprouva de grosses difficultés à se retenir de rire. Alan, quant à lui, habitué à ses manières rustiques, restait impassible et poursuivit son explication.

— Nous y avons découvert une petite cabane, bien cachée, au cœur de la forêt. D'ailleurs, c'est grâce à Moky. Mais, ce n'est pas cela le plus important. Écoute bien !

— Je t'écoute, Alan ! Je t'écoute !

— Nous n'aurions pas attaché plus d'importance à cette découverte si un étrange événement ne s'était pas réalisé. Moky a détalé en direction de la route et a surpris un individu. Quand nous sommes arrivés sur place, il s'est enfui.

— Et alors ? Il a eu peur du chien, voilà tout.

— Je ne crois pas que cela soit la seule explication. Tu devrais mener une enquête sur cet inconnu.

Robert semblait de plus en plus mal à l'aise. Le visage palissait à vue d'œil et son front transpirait abondamment. Ses rires avaient laissé place à une sorte de torpeur, impossible à dissimuler.

— Allons bon ! Si je devais faire une enquête sur tous ceux qui se cachent dans la forêt, je n'en finirai pas.

Il se leva et feignit une sorte de désinvolture dans son attitude. Alan, gêné par la physionomie changeante de son ami, continua, malgré cela, son récit.

— Mais je ne plaisante pas Robert ! Le comportement de cet homme n'est pas normal. Quel est le risque à envoyer une patrouille sur les lieux ? Tu le ramènes ici, tu l'interroges. Je m'avance sûrement, mais sait-on jamais ! Il est possible que tu le découvres, concerné dans ces vols de tableaux.

C'était la première fois qu'il s'exprimait ainsi, face à son ami. Toutefois, il était convaincu d'avoir mis le doigt sur quelque chose d'intéressant. Beaucoup trop d'évènements semblaient anormaux. Robert marchait de long en large dans la pièce, le regard au sol, cherchant une explication à lui donner. Cependant, aucun son ne sortit de sa bouche. Le mouchoir à la main, il s'épongeait vigoureusement le front. Quelque peu excédé par son mutisme et ses absences d'initiatives, Alan décida d'agir.

— Bon ! Faut-il que je téléphone à ta hiérarchie, pour qu'elle fasse le nécessaire ?

Il décrocha le combiné.

— Non, non ! C'est bon, Alan ! Je vais tout t'expliquer.

La main lourde du policier reposait sur la sienne, pour l'inciter à raccrocher. Puis, il se rassit de dépit, les bras ballants. Alan et Carol se regardèrent furtivement, assurés que leur témoignage n'était plus anodin. Dans une atmosphère lourde, la chaleur était toujours présente en cette fin de journée. Seul le bruit, vrombissant, du ventilateur rompait le silence. Robert Fisher les observait longuement. Il but une grande gorgée de bière, pour se donner des forces.

— De toute façon, tu auras fini par le savoir !

Il posa sa bière, se balança légèrement dans son fauteuil et agitait son chapeau comme un éventail. Assis en face, ils attendaient, patiemment, ses confidences.

— Ça fait longtemps que je redoutais cet instant. Enfin ! Je préfère encore que cela tombe sur toi !

Il alluma un nouveau cigare.

— Mais de quoi parles-tu ? Qui est cet homme ? Est-ce lui qui habite la cabane ? Et pourquoi a-t-il filé ?

— Doucement, Alan ! Ce n'est pas si simple, tu sais ! Je ne sais même pas si je dois te tenir informé.

Il se pencha vers son interlocuteur et rejeta une grosse bouffée de fumée.

— Je ne préfère pas que tu fourres ton nez là-bas, alors autant que tu sois au courant. Le jour où tu m'as annoncé avoir mis les pieds sur ce terrain, je t'ai dissuadé d'y prêter attention. J'ai assez de problèmes avec cette histoire de tableaux.

Il marqua une pause et poursuivit.

— Apprenez que l'individu que vous avez vu, n'a rien à voir avec cette enquête.

Il les regarda, tour à tour.

— Mais alors ! Monsieur Fisher ! Si cet homme n'est en rien coupable dans ces vols de tableaux, vous n'avez aucune obligation de nous en dire plus, le concernant.

— Tu vois, c'est une fausse piste. Ajouta-t-elle, en tirant Alan par la main.

— Pas si vite ma belle ! Ha ! Ha ! Ha ! Tu ne connais pas encore assez bien ton homme. Chaque fois qu'il me verra, il voudra me tirer les vers du nez. De plus, si cela venait à s'ébruiter, ça serait pire que tout. Alors, je préfère tout lui dire. N'ai-je pas raison Katerman ?

— Oui ! Tu m'as bien cerné.

Cette réplique eut le don de calmer la tension entre les deux protagonistes, incitant Carol à se rasseoir.

— Excusez-moi ! Je manque de courtoisie. Voulez-vous du café, une bière ?

— Non merci, monsieur Fisher. Répondit Carol.

— Pas pour moi, Robert, je préférai en savoir plus, sur cet inconnu.

— Pour commencer, il faut remonter environ six mois en arrière. Contre toute attente, le gouvernement m'a confié une mission assez spéciale et je m'en serai bien passé.

— De quoi s'agissait-il monsieur Fisher ? Demanda-t-elle, impatiente de savoir.

— Cela consistait à permettre la réinsertion d'un détenu, dans ma ville. Brent Duncan, l'homme que vous avez aperçu. Il avait quasiment purgé sa peine de prison. Aussi, à la vue de sa bonne conduite, les responsables en haut lieu ont décidé de le mettre en liberté surveillée.

— C'est toi qui en es responsable, si je comprends bien.

— Oui, tout à fait ! De plus, il y a certaines personnes, dont je ne vous citerai pas les noms, qui visent ma place. Alors, si je ne mène pas à bien cette mission, tu peux être assuré que je pourrai dire adieu à mon étoile de shérif.

— Est-il dangereux ce Brent Duncan, monsieur Fisher ?

— Non, Carol ! Mais pour ne pas alerter la population, j'ai préféré le mettre à l'écart de la ville. Il m'a semblé judicieux de le camoufler dans la forêt, dans un endroit où je pourrai avoir un œil sur lui.

— Oui, je comprends mieux, maintenant. Mais pour quelle raison s'est-il enfui, alors ?

— J'avoue que je suis, tout comme toi, perplexe, vis-à-vis de cela. À son arrivée, nous avions, tous les deux, convenu d'un accord. Il devait en aucun cas se montrer, à quiconque, pour ne pas semer la panique. Ici, à Bluetown, tout le monde se connaît. Si quelqu'un avait décelé sa présence, cela aurait eu un effet de boule de neige. En échange, je lui donne un petit boulot tranquille, celui de mettre un peu d'ordre dans ce terrain vague. Un de mes hommes lui apporte de la nourriture et des journaux, toutes les semaines. Ainsi, coupé du monde, en quelque sorte, je pensais avoir trouvé la meilleure solution, pour cette épine. Mais je te le dis Alan, réussir cette mission, c'est une chimère.

Pendant quelques minutes, le silence fut de retour, chacun restait dans ses pensées.

— Certainement ! Mais ça ne répond pas à ma question.

— Que sais-je, moi ? Je ne suis pas dans sa tête. Tiens ! Lis ça. Tu auras toutes les réponses à tes questions.
Fisher lui présentait un dossier.

Soudain, au même moment, Jim entra précipitamment. La porte lui échappa des mains et se cogna brutalement contre le mur.

— Doucement ! s'exclama Robert, d'un ton autoritaire.

— En voilà une façon de rentrer. Si t'es énervé, va te calmer dehors. Ajouta-t-il, en fermant péniblement le tiroir de son bureau.

Haletant et tout en sueur, Jim se courbait en deux, pour reprendre sa respiration.

— Excuse-moi, p'Pa ! C'est à propos du sergent Brooks.

— Comment ? Que dis-tu ? Mais parle donc !

— Mais laissez-le reprendre son souffle ! Ne voyez-vous pas dans quel état, il est ? Manifesta Carol, sensible.

— Calme-toi, Jim ! Et dis-nous ce qui s'est passé.

Encouragé par la jeune femme, il prit le temps de recouvrer ses esprits. Une fois fait, il se redressa et prit la parole.

— Il y a eu un nouveau vol, sur la côte, la maison des Garver, je crois ! Brooks a surpris le voleur, en train de s'enfuir. Il l'a poursuivi, mais a perdu sa trace. Il le cherche toujours, en ce moment.

— Mais comment sais-tu tout ça ? s'étonna son père.

— J'étais avec mes amis, au port, comme d'habitude, sur la terrasse d'un café. Quand soudain, on a aperçu sa voiture de patrouille, arrivée à vive allure, puis brusquement rouler au pas. On a trouvé ça étrange. Alors, je suis allé le voir, pour comprendre ce qu'il se passait. C'est là qu'il m'a dit être sur la piste du voleur de tableaux et de te prévenir au plus vite.

— Mais il est où là, exactement ?

— Il est reparti le long de la côte, sans doute pour essayer de le coincer.

— Ah ! Je n'aime pas ça.

Il reprit le dossier, des mains d'Alan, et le remit à sa place, dans le tiroir.

— Je connais bien Brooks. Il a tendance à prendre des initiatives, qui me font peur. La dernière fois, ça aurait pu lui coûter cher.

Puis, il ouvrit un petit coffre et en sortit un colt et un holster. Il attacha ce dernier autour de la taille et s'assura que l'arme était chargée, avant de la glisser dans son étui. Carol et Alan, surpris par cette brusque réaction, restèrent sans voix. Il leur tournait le dos, immobile et réfléchissait. Puis, il se retourna pour leur donner des directives.

— Bon, les jeunes ! La situation est assez compliquée comme ça. Je ne souhaite pas que vous ajoutiez des problèmes. Aussi, je vous demanderai de rentrer chez vous, bien sagement et au plus vite. Est-ce bien compris ?

À la vue de son visage et de l'intonation de ses propos, il ne valait mieux pas s'opposer à ses ordres.

— Oui, monsieur Fisher ! répondit Carol, sans tarder.

Elle prit Alan par le bras et l'emmena vers la sortie. Robert pria son fils de rester au bureau et d'attendre son retour. Il enfila un coupe-vent et suivit les pas d'Alan. Sitôt dehors, ils constatèrent la disparition du soleil. La soirée s'annonçait déjà. Robert monta dans son véhicule de shérif et démarra en trombe.

— Tu viens Alan ?

Elle monta, côté passager, dans leur voiture. Il avait le regard dans le vague et méditait sur les actions à entreprendre. Puis, il monta à son tour, démarra et prit la route.

Une petite pluie fine venait faire son apparition sur la côte. Afin d'éviter d'être mouillés, ils avaient remonté leur vitre et se retrouvaient ainsi confinés dans la voiture. La jeune femme paraissait fatiguée, de la journée et de toute cette histoire. Elle se rapprocha de son homme, se blottit contre son épaule. Il restait muet et réfléchissait à toutes ces révélations. Lui, qui d'ordinaire, avait un mental à toute épreuve, dans le contexte de son travail, là, il se retrouvait un peu démuni. Il restait concentré sur la route et avait pris le trajet le plus court pour rentrer. Il quitta Bluetown, roulait vite et paraissait même imprudent. Soudain, sorti de la ville, au loin, il vit des gyrophares bleus illuminer les alentours.

— Tiens ! Ça doit être la voiture de Robert. S'exclama-t-il, ce qui réveilla Carol, quelque peu endormie.

Il ralentit à l'approche de l'intersection. Des véhicules de police siégeaient sur le bas-côté et un sergent agitait une lampe. La pluie était de plus en plus abondante et forçait la mise en route des essuie-glaces. Un homme, vêtu de son coupe-vent, représentant de la loi, vint à leur niveau. Alan baissa la vitre.

— Bonsoir ! Vous allez où ?

L'homme agitait sa lampe, s'approcha et regardant dans l'habitacle, reconnu Carol.

— Ha ! C'est vous madame Smith ! Vous ne devriez pas traîner, ça peut être dangereux.

— Oui, nous le savons. Ne vous inquiétez pas pour nous, nous rentrons au plus vite.

Le sergent recula et fit quelques mouvements de sa lampe, pour relancer la circulation. Ils purent, ainsi, s'extirper sans mal du flot des véhicules et reprirent la route.

— Que de monde ! Tu penses bien que notre voleur s'est facilement noyé dans cette foule. Il est déjà bien loin. Dit-il.

— C'est normal, c'est la saison estivale. Chaque année c'est la même chose, avec toutes ces îles magnifiques, on est les uns sur les autres.

— Oui ! Mais le souci, c'est que cette enquête policière risque de tourner au vinaigre et que quelqu'un finisse par être blessé ! Crois en mon expérience de chirurgien.

Il faisait allusion aux nombreuses opérations, liées à l'extraction de projectiles, issus d'armes à feu.

— Je te sens nerveux, mon chéri. Rentrons et reposons-nous. Qu'en dis-tu ?

Il fit la sourde oreille. Vivre une idylle dans une situation à risque ne correspondait en rien à ce qu'il s'était imaginé auparavant. Assiégé par un lourd passé pour lequel il n'arrivait pas à l'écarter de ses pensées, la vue d'un danger le rendait nerveux. Carol, sans bouger, scrutait son visage discrètement. Elle cherchait à comprendre ce qui le rendait si peu bavard. Elle le connaissait bien et ce côté peu loquace ne lui ressemblait pas du tout.

— Tu n'es pas bavard ! À quoi penses-tu ?

— Je pense que Robert Fisher ne nous a pas tout dit et qu'il nous cache la vérité, concernant ce Brent Duncan.

Il se tourna vers sa tendre amie et afficha un demi-sourire. Elle ne manqua pas de le distinguer.

— Ho ! Toi ! Tu as quelque chose derrière la tête. Quand tu souris de cette façon, on ne peut pas se tromper.

— Oui ! Tu as bien raison et je ne vais pas te le cacher. Dès que possible, je vais moi-même interroger ce Brent Duncan.

— Mais Pourquoi ? Robert a précisé que cet homme n'a rien à voir avec ces vols de tableaux. Que veux-tu savoir de plus ?

— Tu ne trouves pas que l'arrivée brutale de Jim, dans le bureau de son père, est survenue à point nommée. Robert n'a pas manqué de me reprendre le dossier des mains et de nous mettre dehors. Que savons-nous de cet homme ? Pas grand-chose ! Les vols de tableaux n'ont-ils pas commencé dès l'arrivée de Duncan, dans la région ? Sans connaître l'individu, je ne veux pas le juger coupable, mais sa fuite ne plaide pas en sa faveur. Nous sommes bien trop candides ma chérie, Fisher s'est débarrassé de nous, sans difficulté. Il y a là, un mystère que je dois éclaircir.

Cette révélation provoqua à la fois de la stupeur et de l'excitation, dans le cœur de la jeune femme. Elle était enthousiasmée de se trouver au cœur de cette enquête, mais l'idée que cela puisse mal se finir l'effrayait, quelque peu. Jamais, auparavant, elle n'avait eu la moindre occasion de vivre des péripéties ou aventures hors du commun. En outre, son travail l'obligeait à rester sérieuse, ce qui déteignait, parfois, sur sa vie personnelle. Depuis qu'elle partageait la vie d'Alan, elle avait l'impression d'endosser le rôle d'espionne, d'enquêtrice ou d'agent secret, qui l'amusait follement. Aucun de ses précédents chéris ne lui avait apporté ce genre d'aventures. Alan, à son tour, avait remarqué le regard songeur de sa tendre amie.

— Toi, je vois à quoi tu penses ! Ne t'imagine pas un instant participer à cela. En aucun cas, je vais te mettre en danger.

— Détrompe-toi mon chéri. À deux, ça sera moins dangereux. Et puis, le danger ne me fait pas peur, être agente secrète, j'y suis habituée.

Elle espérait que ce mensonge allait suffire à le convaincre.

— Je connais bien la région, c'est un avantage.

— On dit « Agent secret » ma chérie ! Reprit Alan en rigolant.

Pendant tout le reste du trajet, jusqu'à la maison, Carol s'était lancée dans un récit imaginaire où il était question de braver mille dangers, d'esquiver des balles et de mettre hors d'état de nuire des brigands de renom. Pour la bonne quiétude de sa chérie, il ne l'interrompit pas dans son discours et acquiesçait de la tête, quand son histoire, rocambolesque, l'exigeait. Il se demandait d'où provenait une telle imagination, ce qui le fit sourire, discrètement, de temps en temps.

Arrivés sur place, il descendit de la voiture, ouvrit la portière à sa bien-aimée et l'accompagna jusqu'à l'entrée de la maison.

— Carol ! Je vais te laisser avec Moky. Ne t'inquiète pas, je reviens au plus vite !

Il marcha à reculons.

— Mais où vas-tu ?

— Je ne veux pas que tu prennes le moindre risque.

Il était déjà revenu à hauteur de la voiture.

— Ne m'attends pas. Va te reposer. Je dois vérifier quelque chose.

— Prends garde à toi. S'écriait-elle, mais il était déjà parti.

Elle savait, pertinemment, qu'elle n'arrivera jamais à dormir, en le sachant dehors et sans connaissance du danger, dans lequel il se mettait. Carol, une fois rentrée dans la demeure, Moky aboya de contentement.

— Oui ! Tu es là toi ! Écoute ! Ton maître nous a abandonnés ce soir. Il va falloir qu'on se soutienne l'un, l'autre.

Moky accroupi, remuait la queue comme un essuie-glace. Carol reprenait doucement le sourire.

— Je te propose canapé télé. N'est-ce pas une bonne idée ?

Elle se dirigea vers le salon.

Pendant ce temps, Alan roulait à vive allure, le long de la côte. Il avait repris, volontairement, ce trajet de bord de mer. Il savait qu'il prenait des risques. Fisher lui avait recommandé de rentrer. Cependant, il tenait à vérifier un point. Après quelques minutes, il arriva à destination. Il sortit du véhicule et s'enfonça dans la forêt. Il reconnaissait bien les lieux. Il ne lui fallut pas longtemps pour rejoindre l'endroit recherché.

— Voilà ! J'y suis !

La pluie qui l'agrippait ne le gênait aucunement dans sa marche. De ses grandes enjambées, il donnait l'illusion de courir. Légèrement essoufflé, il s'accorda, néanmoins, quelques secondes de répit. Il était seul et la nuit commençait à envahir les lieux. Conscient de la présence d'un possible danger, il avança plus discrètement.

— Je ne dois pas faire de bruit. Si proche du but, ça serait trop bête !

Il s'approcha du baraquement et se risqua à se coller tout contre la fenêtre. Il ne fit plus un bruit et sentait son cœur battre la chamade. Par chance, la pluie masquait les bruits environnants. Puis, en un temps record, il jeta un coup d'œil au travers de la fenêtre. Il n'y avait pas de lumière à l'intérieur du bâtiment. Il regarda à nouveau et convint que la pièce était vide. Alors, les mains jointes, devant sa bouche, il se mit à réfléchir, à voix haute :

— Il n'y a personne. C'est peut-être normal dans le cas où c'est le voleur, il est en fuite ! C'est logique.

Il n'était pas satisfait pour autant. Pour juger coupable une personne, il fallait des preuves.

— Je dois trouver un indice. Dit-il à voix basse, tout en tournant la poignée de la porte.

Malheureusement, elle était fermée à clé. Il avait beau insister, impossible d'entrer. Alors, il regarda autour de lui, s'assura qu'il était seul et donna de grands coups de pied. Sous l'effet des coups violents, la porte finit par céder. Il entra presque en perdant l'équilibre. Il fouilla toute la pièce, à la recherche de quelque chose d'anormal. D'ailleurs, il ne savait pas lui-même quoi chercher. Mis à part un lit, une table et une chaise, il n'y avait pas grand-chose. Il se résigna à admettre qu'il n'y avait rien de suspect, dans cette pièce. Pas l'ombre d'un tableau ou de gants. Sur le seuil de la porte, il jeta un dernier coup d'œil et quitta les lieux. Tout en marchant précipitamment, il vociféra :

— Duncan ! Tu as gagné la partie ce soir, mais je n'ai pas dit mon dernier mot. On se retrouvera !

De retour à la maison, Carol était endormie, Moky servant de couverture. Sans bruit, il éteignit la télé puis la lumière. Il monta à l'étage, se coucha et s'endormit rapidement.

Le lendemain matin, dans son petit salon :
— Alors ! Monsieur le détective ! Avez-vous résolu l'enquête ?
C'était bien propre à sa personnalité de se moquer, de cette façon. Comme à son habitude, Alan lisait les faits divers. Il ne prêta pas attention aux moqueries. Elle insista en venant poser sa tête tout contre le journal.
— Alors, Shérif ! Vous avez trouvé ?
Une loupe plaquée au visage, telle une lorgnette, elle s'amusait à jouer l'enquêtrice. Il baissa son journal et comprit qu'elle avait l'esprit taquin.
— Je vois que tu es de bonne humeur, ce matin, ma chérie ! Tu peux plaisanter autant que tu veux, je ne changerai pas d'avis, je finirai par trouver quelque chose. Elle s'assit, posa la loupe et regardait son homme, plongé dans sa lecture.

Puis, elle se leva et scruta les cadres photos exposés, sur les étagères, de sa bibliothèque. Elle avait pour coutume de photographier, chaque année, les soirées anniversaires de ses amis. La photo de Christopher, tout heureux, à côté d'un de ses tableaux, la fit doucement sourire.

— Quand tu me disais, hier soir, que tu allais rencontrer Duncan, c'était une blague, n'est-ce pas ? Cet homme, de par son passé des plus douteux, me donne la frousse.

— Je te croyais habituée au danger ! répondit-il, sur un ton sarcastique et sans quitter des yeux son journal.

Puis, il se leva hâtivement, plia le journal maladroitement, s'en débarrassa sur la table basse et ajouta :

— Avec ou sans ton aide, je vais, de ce pas, aller à sa rencontre.

Carol devait se décider au plus vite, car il était toujours de parole. Elle savait que c'était l'occasion idéale pour se prouver à elle-même qu'elle pouvait vaincre ses peurs et se surpasser. Aussi, elle s'écria à voix haute, envers ses démons.

— Aller au diable !

Il ne comprit pas cette réaction inopinée. Carol, aussi vive que l'éclair, monta à l'étage.

— Attends-moi chéri, j'arrive ! Je me change, j'en ai pour une seconde.

Pendant le trajet, il réfléchissait à son interrogatoire. Carol, de son côté, vérifiait son vernis. Le temps était magnifique, en cette mi-juillet, la chaleur imposait de rouler toutes vitres baissées. La tête au vent, elle était ornée de son fidèle foulard aux couleurs pastel. Le sifflement des oiseaux, la pleine floraison, la beauté des arbres fruitiers contrastaient indubitablement avec une atmosphère angoissante. Il s'efforçait de rester sur ses gardes et se demandait s'il avait bien fait d'emmener sa tendre amie. La voir se refaire les ongles le rassurait le moins du monde. Il avait agi sur un coup de tête, souvent instinctif et remettait rarement, à plus tard, ses décisions.

— Nous voilà arrivés !

Il freina brutalement la voiture, sur une petite allée gravillonnée.

— Dépêche-toi Carol ! Je ne voudrais pas que ce Duncan m'échappe une fois de plus.

Il accéléra le pas. Ils arrivèrent, à la petite cabane de la veille. Il frappa à la porte pour s'annoncer. Carol restait en arrière, dans l'expectative. Toutefois, inquiète, elle le rappela à l'ordre, d'une petite voix.

— Alan ! Maitrise-toi, s'il te plaît, on ne sait jamais.

— Ne t'inquiète pas, je sais ce que je fais !

La porte restait close. Elle s'approcha et regarda par la fenêtre.

— Tu vois, il n'y a personne ici.

Il confirma de lui-même et décida, toutefois, d'inspecter les environs.

Ce fut à une centaine de mètres, qu'ils découvrirent un homme, en train d'inspecter le sol et de ramasser des choses. Il était de dos et ne les avait pas entendus approcher. Puis, il se leva, se retourna et fut très surpris et anxieux par leurs présences.

— Qui êtes-vous ? Que voulez-vous ?

— Rassurez-vous monsieur Duncan. Nous voulons juste vous parler. Se permit d'intervenir Carol.

Alan ne disait pas un mot, il observait l'homme qui se situait à quelques mètres. Avec un corps très mince et un visage aux joues creusées, il était difficile de lui donner un âge. La barbe garnie et les cheveux coiffés en bataille, il manquait de soin et d'hygiène. Ses habits étaient plutôt à l'image de haillons. De nombreux tatouages parcourraient le long de son bras gauche, ça lui conférait un style qui contrastait avec les gens de la région.

— Comment savez-vous mon nom ?
Elle n'osait pas répondre.
— C'est Robert Fisher, le shérif du comté qui nous a parlé de vous. Intervint Alan.

L'homme fut interloqué de cette nouvelle. Il posa son sac à ses pieds, avança vers eux, pour mieux les voir.

— Mais, je vous reconnais, vous ! Je vous ai déjà vu ! C'est vous qui m'avez poursuivi avec votre chien ! Mais qu'est-ce que vous me voulez ?

— C'est plutôt à vous de vous expliquer. Pourquoi vous avez fui ? Un homme qui n'a rien à se reprocher ne prend pas la fuite.

— Mais je ne vous dois aucune explication. Ici, vous n'êtes pas les bienvenus, vous feriez mieux de partir.

Alan n'était pas sensible à ce genre de menace. Au contraire, cela le motivait de poursuivre.

— Sachez que tôt ou tard nous finirons par vous coincer. Quand on a un passé comme le vôtre, le naturel revient au galop.

Duncan ne comprenait pas ce qu'on lui voulait. Il marqua un silence quelque temps.

— Ha ! J'y suis ! Le voleur de tableaux !

— Ne faites pas l'innocent Duncan ! Avec moi, ça ne prend pas !

À ce moment précis, Duncan parut beaucoup moins tendu, presque décontracté.

— Mais voyons ! Je ne sais pas ce que l'on vous a dit sur moi, mais vous vous trompez ! Je suis en liberté conditionnelle ! Il les regardait tour à tour et voyant aucune réaction, il poursuivit.

— Si je crée le moindre problème, dans cette région, je retourne derrière les barreaux ! Vous comprenez ? Vous avez cru un instant que j'étais l'auteur des vols de tableaux. Voyons Messieurs, Dame, avec tout le respect que je vous dois, vous vous mettez le doigt dans l'œil.

— Certes, mais en attendant, rien ne prouve le contraire !

Duncan avait repris ses activités de nettoyage. Puis, tout en ramassant des détritus, il se mit à rire.

— Vous avez cru un instant que j'étais le voleur ! Mais je n'y connais rien en toile !

Puis, il se leva de nouveau et ajouta en les regardant.

— Toutefois, tout ce que je peux vous dire c'est qu'il se passe des choses bizarres, ici.

— Que voulez-vous dire monsieur Duncan ?

— Ce que je veux dire, ma petite dame, c'est que premièrement, j'ai vu un petit bateau à moteur, un soir, se diriger vers l'île « rocher » et puis, deuxièmement, hier soir, quelqu'un est venu dans ma maison, pour je ne sais quelle raison. J'ai trouvé ça étrange.

— Pourquoi n'avoir rien dit et n'avoir rien fait ?

— Mais voyons, j'y tiens à ma liberté conditionnelle. Je ne vais pas la risquer. Ce n'est pas mon boulot d'aller fouiner dans les îles. Et maintenant, je vous demanderai de reprendre votre route, j'ai du travail qui m'attend.

Carol avait perçu un regard empreint d'animosité et pria Alan de partir au plus vite. Il paraissait déçu, il avait cru que ce fameux Duncan était au cœur de cette enquête, mais convenait de lui-même que c'était impossible. Cet homme n'avait pas du tout le profil.

— Tu viens Alan ?

Il restait dans ses pensées et n'avait pas envie de reprendre la route. Aussi, il marcha en direction de la côte.

— J'ai besoin de marcher, de m'oxygéner la tête.

— D'accord ! Comme tu voudras. Après tout, la marche, ça fait du bien.

Elle lui prit la main. Au fond, elle était rassurée de ce dénouement. Elle avait eu peur qu'ils en viennent aux mains. Ils marchèrent ainsi jusqu'au muret, dernier rempart de l'océan. Une brise légère, saline, venait fouetter agréablement leurs visages. Tout en observant les îles côtières, Alan tenait par la taille sa tendre amie. En contrebas, les vagues venaient gentiment déferler sur les rochers. Son regard perdu à l'horizon, pour lui, ça devenait une évidence. Il émit sa pensée à voix haute.

— Ma chérie ! Je crois que c'est le moment de poursuivre nos investigations, sur cette île « rocher ».

10

— Curieux binôme —

Quinze jours s'étaient écoulés, depuis la rencontre avec Duncan. Contre toute attente, Alan avait préféré temporiser, plutôt que d'agir, tête baissée, sans réfléchir. Cette pause faisait le plus grand bien pour notre jeune aventurière, débutante. D'ailleurs, ces derniers jours, il n'était plus question, ni de conquêtes, ni de bravoures, dans les discours de nos deux tourtereaux. Août arrivait à grand pas et les estivants fourmillaient, un peu partout dans la région. Malgré la population dense et les ambiances bruyantes du bord de mer, il régnait un climat des plus rassurants. Un soupçon de rouge sur les lèvres, un dernier coup de fard sur les paupières, le sourire qu'adressait Carol à son miroir, signifia qu'elle était prête.

— Tu en es où, Alan ? Je ne voudrais pas qu'on arrive en retard.

— C'est toi qui dis ça ! Je termine et ensuite nous partons.

De ses mains habiles, il enveloppait, au mieux, un paquet.

— Et puis, ce sont mes vacances, je ne vais pas courir. Confia-t-il à voix basse.

— Enfin, si tu sors un jour de la salle de bains.

Elle descendit l'escalier et jeta un œil à l'horloge.

— Je suis prête ! Tu vois, tu es mauvaise langue, je n'ai pas trop traîné.

Elle lui tira la langue. Parce que la chaleur imposait de s'habiller légèrement, elle avait mis un maillot deux pièces, dont un short de bain, imprimé. Sans tarder, ils quittèrent la maison, après avoir enfermé le chien. Moky manifesta sa déception.

— Oui ! Je sais Moky, mais désolé, tu n'es pas de la fête aujourd'hui, une autre fois.

Après avoir subi un bouchon dans la traversée de Bluetown, les derniers kilomètres furent plus tranquilles.

— Je ne regrette pas d'avoir prolongé mes vacances. Tu as une région vraiment magnifique, mais tu admettras qu'aujourd'hui il fait une chaleur étouffante !

Elle souriait de le voir secouer la carte routière devant son visage, avec frénésie.

— Puis, tu es ma secrétaire préférée !

Il posait sa main sur sa cuisse. Elle ne put dissimuler son sourire. Elle espérait obtenir dans le cœur de cet homme, une place bien plus importance, sur la durée, que celle de collaboratrice. Elle était convaincue que leur relation était plus sérieuse, qu'une amourette de vacances. Pour sa part, il s'était octroyé quelques semaines de repos supplémentaires, afin d'y voir plus clair dans cette nouvelle relation, mais aussi parce qu'il tenait absolument à apporter, d'une façon ou d'une autre, son aide dans l'enquête, concernant les vols de tableaux.

— Tu es sûr qu'il va apprécier le cadeau ?

Il jeta un œil sur le paquet, situé à l'arrière, sur la banquette.

— Ce n'est pas très original, tout de même.

— Ne t'inquiète pas, mon chéri ! Je pense qu'en ce moment, ce cadeau d'anniversaire n'est pas sa priorité.

— Ha ! Et sur quoi te bases-tu pour annoncer cela ?

— Tu verras bien par toi-même. Nous voilà arrivés, justement !

Depuis le début de son séjour, c'était la première fois qu'il venait chez Christopher. Sur un terrain pentu, une petite maison dominait. Après avoir sonné la cloche, ils poussèrent le portillon et marchèrent jusqu'à l'entrée. Sur le seuil de la porte entre-ouverte, une odeur de peinture se dissipait.

— Ha ! Vous Voilà ! Je suis bien contente de vous revoir.

Jenny, comme à son accoutumée, avait sa tenue, des plus modernes. Malgré ses boots passe-partout, son chemisier décolleté à lacés et son petit sac à main, à franges, collaient parfaitement à la mode. Les mines de nos deux hôtes ne semblaient pas très réjouissantes. Jenny s'en aperçu sur-le-champ.

— Désolée pour les odeurs, c'est cet idiot de Christopher qui, une fois de plus, à oublier de fermer la maison ! Mais suivez-moi, nous sommes derrière, dans le jardin.

Les deux filles, accompagnées d'Alan, le cadeau sous le bras, traversèrent les pièces et se retrouvèrent de nouveau au-dehors. Les rayons du soleil chauffaient les visages et imposaient le port des lunettes. Il faisait bon sur la pelouse. À leur grande surprise, Christopher était allongé, sur le dos, le pinceau à la main, sous la coque d'un bateau. Cette posture, inhabituelle, générait malgré tout, des rires.

C'était un petit bateau à moteur, d'une longueur de cinq mètres. De ses couleurs bleues, dégradées, Christopher le restaurait avec le plus grand soin.

— J'ai bientôt fini les amis, un dernier coup et je suis à vous. Proclama-t-il, en aveugle.

Jenny était quelque peu gênée de recevoir ses amis de cette manière.

— Tu m'excuseras Carol, mais il est incorrigible. Quand il bichonne son bateau, plus rien ne compte, pas même moi.
Elle ne cacha sa tristesse.

Alan avait posé le paquet sur la table et observait les lieux. Au-delà du terrain, ce n'était pas la vue sur la mer, mais celle sur la forêt. Elle apportait sa fraîcheur, salvatrice de cette chaleur. Déchaussé de ses espadrilles, il apprécia marcher ainsi, pieds nus, sur l'herbe. Attisé par la curiosité, il s'approcha du bateau. C'était le genre d'embarcation idéale pour les promenades, le long de la côte. En outre, le permis n'était pas obligatoire. On pouvait y embarquer à quatre ou cinq, vu la longueur des banquettes, mais pas plus. À l'arrière, il y avait un moteur de soixante chevaux et une voile d'ombrage rectangulaire, bien pratique. À l'avant, une micro cabine, équipée du matériel de sauvetage.

— Tu as cassé ta tirelire, Christopher !

— Ah ! Non ! Détrompez-vous, j'ai fait une affaire !

Il s'extirpa du dessous de la coque.

— Bonjour, monsieur Katerman !

Il lui serra chaleureusement la main, mais marquait toujours une certaine distance, par respect, avec l'éminent chirurgien. Vêtu d'une salopette dont on ne distinguait plus la couleur d'origine, il se fichait pleinement de l'image qu'il renvoyait. Ce genre de comportement excédait, immanquablement, Jenny, qui justement s'était rapprochée.

— Christopher ! Tu ne peux pas faire un effort d'habillement ! Avec toute cette peinture sur toi, tu me fais honte.

Carol, fidèle à elle-même, prit la défense du garçon.

— Ce n'est pas grave, chacun est libre de s'habiller comme il veut.

— Certes, mais c'est son anniversaire, aujourd'hui.

Elle repartit vers la maison.

Alan comprenait que depuis leur dernière rencontre, des sentiments, nouveaux, apparaissaient dans ce curieux binôme. Il resta dubitatif sur la naissance de cette relation, à la vue du caractère volcanique de Jenny et du nonchalant

Christopher. Il y a une théorie qui émet l'idée que les contraires s'attirent. Aussi, il appréciait fortement cette place de simple spectateur, contrairement à Carol, qui cherchait toujours à recoller les morceaux.

— Christopher ! Dépêche-toi de te changer ! De plus, nous t'avons ramené un cadeau.

Aussitôt dit, aussitôt fait. Il fila à toute vitesse à la maison. Alan et Carol se regardèrent et s'esclaffèrent de cet évènement.

— Tu vois, mon chéri ! Son cadeau n'est pas sa priorité.

Ding, ding, ding.
D'une petite cuillère, Jenny tinta son verre.
— À table mes amis ! La fête commence.

Réunis autour de la table, elle déposa, au centre, le dessert. En forme de chapeau, tout jaune, c'était un cake, recouvert d'une épaisse couche de pâte d'amande. Sur la circonférence, on pouvait lire « joyeux anniversaire ».

— Waouh ! Il est chouette ton gâteau, Jenny.

— Faut pas exagérer, Carol, c'est simple à faire.

Elle posa, à la hâte, quelques grosses bougies colorées.

— Et qu'est-ce que ça représente ? Demanda Christopher.

— Ba ! C'est... Oh ! Mais je vois que tu te moques de moi.

— Je vois que ça rigole bien, ici !

— Monsieur Fisher ! Mais entrez, nous n'attendions plus que vous. S'exclama Jenny, les bras grands ouverts.

Sensible au sort de cet homme, depuis qu'il était veuf, elle l'avait convié à cette petite fête. Il affichait un visage assez joyeux, sous son chapeau de paille. Habillé d'un large bermuda et d'une chemisette, cela lui conférait un style décontracté.

— En te voyant, Robert, personne ne pourrait deviner que tu es le shérif de cette contrée. Tu sembles avoir bonne mine. Affirma Alan, tout content de le voir ainsi.

— Oui ! C'est vrai ! C'est mon jour de repos aussi. Donc... Je me suis permis de venir avec mon fils, Jim. Ça ne pose pas de problème ? J'espère !

— En voilà une question ! Bien sûr que non ! Jim, tu es le bienvenu. Proclama Jenny.

Il affichait également un visage enchanté. Depuis la nuit ou son père avait pris des risques dans la course-poursuite avec le voleur, il le regardait sous un autre angle et exprimait une nouvelle forme de respect. Conscient de cette soudaine admiration, son père en profitait pour resserrer les liens et renouer une certaine complicité.

— Je vous invite à prendre un verre, mes amis ! Vous avez le choix entre une petite coupe de champagne ou du jus de fruit.

Jenny alluma les bougies, leva son verre, accompagnée de ses invités. En cœur, ils proclamèrent « joyeux anniversaire ». Christopher n'aimait pas tous ces regards braqués sur lui.

— Ouvre ton cadeau ! s'exclama Carol.

— Oui ! Remue-toi un peu. Protesta Jenny.

Tout en regardant le gâteau, à court de patience, il s'emporta.

— Si tu continues, ton chapeau, je vais te le mettre sur la tête !

Et c'était reparti ! À nouveau, nous étions témoins des chamailleries, de ces deux indomptables. Si bien que chacun s'éloigna de la table, pour les laisser s'étriper à leur guise. Tout en s'expliquant, sur un ton ferme, il arracha l'emballage du cadeau.

— Sympa ! s'exclama Jim, à la vue de celui-ci.

Christopher, ne voulant pas gâcher la fête, se radoucit.

— Heu ! Oui ! Il est super ! Merci Carol ! Merci monsieur Katerman ! Il ne fallait pas.

— C'est un beau chevalet. Avec ce matériel, tu vas nous faire des toiles de maitre. Ajouta Robert, sincère.

Jenny coupa le petit gâteau, en six parts. Christopher ne mit pas beaucoup de temps pour monter son chevalet. Il arborait, déjà, un grand sourire, à s'imaginer les toiles qu'il confectionnera sur le présentoir.

— Christopher ! Tu as des bougies à éteindre ! Chuchota Jenny, redevenue calme.

Il souffla ses bougies ce qui provoqua, indubitablement, les applaudissements.

Puis, chacun prit une part du gâteau.

— Pour ceux qui veulent, il y a des transats. Averti Jenny.

Tous se dispersèrent, le gâteau à la main, sur la pelouse. Le soleil de plomb incitait à ne pas rester sur place. Robert engloutit sa part, d'une bouchée. Non pas qu'il eût un appétit féroce, mais simplement gourmand. Assis dans un transat, tout en contemplant le bateau, il se caressa la panse de haut en bas, tel un rituel, après un bon repas. Ce geste particulier ne put échapper aux yeux des filles, qui gloussèrent discrètement.

— Qu'est-ce que tu en penses, Robert ? Il est sympa son bateau. Confia Alan.

— Oui, c'est vrai ! Mais ne le crie pas trop fort, déjà que Jim m'en réclame un, depuis un bon moment.

— Alors, on admire mon petit bijou ! Lança Christopher.

Pendant ce temps, les filles discutaient dans leur coin.

— Tu me fais rire, Jenny ! Tu caches bien ton jeu ! T'es la première à le rabaisser, mais en fait, tu te jettes dans ses bras.

— Peut-être ! Je ne suis pas voyante, je ne prévois pas mes actes. Répondit-elle, un peu gênée. Puis, elle se leva.

— Qu'est-ce que vous racontez les garçons ? J'espère que ce n'est pas encore cette histoire de voleur !

— Mais non ! Jenny ! Qu'est-ce que vous inventez là ? D'ailleurs, nous allons repartir !

— Ah bon ! Déjà ?

Jenny fit la moue.

— Oui ! J'ai promis à Jim de le ramener chez ses copains.

En fait, Robert émit ce prétexte. Il ne souhaitait pas subir, de nouveau, un interrogatoire avec Alan. Il savait, toutefois, que Jim aurait vivement apprécié tout récit, mais préféra éviter. Il fit au revoir de la main, à la petite troupe, puis repartit avec son fils.

Alan passa une bonne partie de l'après-midi à questionner Christopher, sur son bateau. Non pas sur les aspects techniques, mais sur les manœuvres.

— Et donc, pour manœuvrer dans le port ?

— Dans tous les cas, monsieur Katerman, vous devrez avoir une vitesse d'arrivée modérée et finaliser la manœuvre sur l'inertie.

Il faisait de grands gestes, pour mimer au mieux ses explications. Cela suscita de la curiosité et de légères inquiétudes, auprès des filles.

Au même moment, à quelques kilomètres :

À visage découvert, l'audacieux voleur opérait à nouveau, dans une maison sans défense. Tel un occupant des lieux, tout lui paraissait très familier. Était-il un fantôme qui revient d'entre les morts pour se venger ? Quoi qu'il en soit, il connaissait la demeure, parfaitement. Ainsi, il décrocha une nouvelle toile pour l'ajouter à son palmarès. En outre, le sourire qu'il avait aux commissures, laissa penser qu'il continuera ses méfaits. Sans vouloir mettre le brigand sur un piédestal ou lui ériger une statue, agir en plein jour, sans chercher à se camoufler, était courageux !

— Alors ? Christopher ! Puis-je compter sur ton aide ?
— Pas de souci, monsieur Katerman ! Vous souhaitez que je fasse ça, pour quand ?
— Demain après-midi serait idéal, mais pas un mot aux filles.
— D'accord ! C'est amusant, j'ai l'impression de participer à quelque chose d'illégal.
Christopher était ravi.
— Qu'est-ce que vous êtes en train de comploter ?
— Rien ! Ma chérie ! Vous êtes suspicieuses, aujourd'hui !

— On vous voit discuter ensemble, depuis un bon moment, alors on se pose des questions. De quoi parlez-vous ?

— Nous parlons de vous ! répondit Alan, sur un ton ironique.

Cette réponse n'obtint pas l'enchantement de la gent féminine.

— En attendant, venez nous rejoindre. Nous n'allons faire la fête chacun dans son coin.

Les garçons se joignirent aux filles. Jenny s'empressa de parler de Robert.

— Comment l'avez-vous trouvé, Robert ?

— Moi, je l'ai trouvé détendu, paradoxalement ! répondit Alan.

— Pourquoi paradoxalement ? s'exclama Carol.

— Parce qu'avec cette enquête policière et tout ce qui vient s'y greffer, il subit une pression énorme. Je m'étonne donc de le voir ainsi, l'esprit tranquille.

— Moi, je crois savoir la raison de sa quiétude ! Dit Carol.

— Ha ! Et c'est quoi ? Interrogea Jenny.

— C'est depuis qu'il s'est réconcilié avec son fils. Leur relation trouve un second souffle, ça va mieux. Je suis certaine de ça.

— Chouette alors ! Pourvu que ça dure ! Conclue Jenny.

Parce qu'ils souhaitaient les laisser tranquilles, Carol et Alan décidèrent de repartir également. Après quelques embrassades, ils grimpèrent dans le pick-up, laissant ce curieux binôme finir de fêter l'anniversaire à leur guise. Sur le trajet du retour, la conversation tournait principalement sur cette relation des plus surprenantes. Ils riaient de leurs altercations et des situations cocasses qu'elles engendraient. Puis, arrivés dans Bluetown, il fut surpris de voir autant de monde.

— Quelle foule ! Est-ce normal ?

Après un moment de réflexion, elle comprit la situation.

— Bien sûr, mon chéri ! C'est à cause de l'expo.

— L'expo ? De quoi parles-tu ?

— Voilà ! Chaque année, au mois d'août, les peintres amateurs réalisent une exposition de leurs toiles. Cela se passe sur le port. Tu veux y aller ?

— Heu ! Ce sont des toiles de maitre ?

— Voyons, mon chéri ! Ce sont des amateurs, une petite exposition pour donner de l'animation, cela dans une bonne ambiance.

Il resta dubitatif sur son désir de voir cela.

— Tourne à gauche Alan ! Si tu veux, on va passer devant le port, ça te donnera un aperçu.

Une fois sur place, des dizaines de peintres exposaient leurs tableaux.

— Et Christopher ? Pourquoi n'expose-t-il pas lui aussi ? Il est doué ! Non ?

— Heu ! C'est un anniversaire particulier, cette année.

Elle n'en dit pas plus. Il poursuivit sa route jusqu'à leur maison, un sourire sur les lèvres.

11

— L ' île « rocher » —

Enfin ! C'était le grand jour. Alan vérifiait qu'il n'avait rien oublié. Il était pris d'une excitation grandissante, à l'idée d'investir cette île mystérieuse. Jamais, auparavant, il n'avait ressenti cela. Toutefois, il n'avait pas tenu informé sa tendre amie, de peur qu'elle s'y oppose. Il avait préféré lui faire croire à une simple balade en mer, plutôt qu'un accostage interdit. Toujours autant convaincu que cette île représentait un endroit idéal pour s'y cacher, il lui fallait, à présent, le prouver. Sans rentrer dans les détails, il avait expliqué à Christopher ses envies d'investigations sur cette île, si particulière. En conséquence, il lui avait demandé l'autorisation d'emprunter son bateau.

— Alors ! Tu en mets du temps à te préparer, mon chéri, pour une simple balade.

— Certes, mais je préfère bien vérifier et ne rien oublier ! Réflexe professionnel sans doute.

Il ferma sa petite mallette.

— Je me demande ce que tu as pu bien mettre là-dedans. Dit-elle, les yeux écarquillés.

— Une crème solaire ! Plaisanta-t-il, tout haut.

Puis elle descendit au salon, le laissant à ses activités. Elle but une tasse de café, tout en regardant Moky, sagement couché à ses pieds.

— Tu es comme ton maître, tu observes, mais tu ne parles pas. On ne sait pas ce que tu penses.

Elle sourit de cette remarque. Alan descendit à son tour.

— Voilà ! Nous pouvons y aller.

Il était enchanté de cette sortie.

— OK ! J'étais en train d'expliquer à Moky que Jim viendra le chercher cet après-midi.

Arrivés au port, il gara la voiture, au plus vite. Fisher avait réservé un emplacement pour l'éminent chirurgien. En cette période estivale, les parkings étaient bondés, les places libres, une denrée rare. Il descendit du pick-up, prit ses affaires et convia Carol de le suivre. Comme convenu, Christopher était au rendez-vous, ce qui la surprit.

— Christopher ! Je me doutais bien que vous tramiez quelque chose. Dit-elle, en les regardant, tour à tour.

Les deux compères affichaient un sourire complice. Puis, ils se dirigèrent vers une embarcation, spécialement prévue pour cette aventure.

— Mais c'est ton bateau ! Christopher !
— Oui ! Heu ! Je ne lui ai pas encore donné de nom. Indiqua-t-il, en installant les affaires de ses hôtes.

Elle était partagée entre inquiétude et emballement. Elle désapprouvait l'idée de ne pas contrôler la situation. Pressentant le désarroi de la jeune femme, Alan chercha à la rassurer.

— Ne t'inquiète pas ma chérie ! Il n'y a aucun risque.

Au moment de larguer les amarres, du ponton, Christopher confia à voix basse :
— J'ai réfléchi monsieur Katerman ! Je vais venir avec vous ! Ce n'est pas par manque de confiance, vous saurez manœuvrer le bateau. Mais, moi aussi, j'aimerais inspecter cette île.

Il devait agir vite. La présence de Christopher n'était pas prévue et augmentait ainsi les risques.

— D'accord ! Mais, que les choses soient claires, au moindre danger, on rentre ! Lança-t-il, comme ultimatum.

— C'est bien compris, monsieur Katerman. Je ferai comme vous déciderez.

— Qu'est-ce que vous mijotez encore ?

— Rien ! Ma chérie ! Rien d'important. Nous partons !

Christopher, aux commandes de son petit bateau, était fier. Sous les yeux des estivants, il se tenait bien droit et de sa main droite, leur adressait, quelques signes, tel un capitaine au départ d'une longue croisade. Alan, à sa gauche, sourit de cet étrange personnage, capable d'une certaine absurdité, inattendue. Carol, installée confortablement à l'arrière, s'embaumait tranquillement ses jambes et ses bras de crème solaire. La petite embarcation, doucement bercée par les vagues, quitta le port pour aborder la haute mer.

— Les garçons ! Vous devriez vous protéger !

Elle proposa la crème, de son bras tendu. Ils s'exécutèrent, c'était plus prudent, surtout pour Christopher qui possède un épiderme sensible aux ultraviolets. Le temps était idéal pour les promenades. En outre, la mer calme évitait les haut-le-cœur. Christopher s'éloignait tranquillement du port et de son tumulte.

— Vous voyez monsieur Katerman, ce n'est pas compliqué de diriger un bateau. Il suffit de garder le bon cap et voilà.

Les rayons du soleil donnaient des myriades d'éclats au rythme de la houle. Lorsqu'il n'y avait pas le ballet incessant des bateaux croisières, on pouvait avec de la chance, observer des bancs de poissons, faire des bonds à la surface. Bien que les îles fussent assez proches, Alan s'impatientait de les découvrir. Le bateau avançait lentement, au grand damne de notre aventurier.

— Christopher ! Tu me laisses ta place, un instant ?

— Si vous voulez ! répondit-il après un moment d'hésitation.

Alan prit le volant et poussa le levier d'accélérateur. Le bateau prit de la vitesse, l'air salin fouettait les visages.

— Comme c'est agréable, cette brise de bord de mer. C'est sûr que cette promenade c'est une superbe idée et ça va nous faire le plus grand bien. Pourquoi Jenny n'est-elle pas venue, Christopher ?

— Justement ! Pour notre plus grand bien. Murmura-t-il.

— Qu'est-ce que tu dis ?

— Je dis qu'elle ne se sentait pas très bien et a préféré rester tranquille. Dit-il, ravi de son mensonge.

Voilà maintenant un bon moment que la petite embarcation fendait les vagues, à son rythme. Carol s'était maintenu la tête, avec une serviette de plage, pour améliorer son confort.

— Alan, dis-moi, c'est encore loin ?
— Non ! Non ! Nous sommes bientôt arrivés.

Elle se redressa et observa les alentours. Droit devant, à quelques centaines de mètres, une île apparaissait. Elle n'en croyait pas ses yeux. Des flashs lumineux étaient émis sur les hauteurs.

— Mais vous êtes fous ! C'est l'île « rocher » !
— Tranquillise-toi ma chérie ! Ce n'est qu'une île comme une autre.

On approchait du rivage. Alan décèlera et Christopher reprit les commandes. Il arrêta le moteur, vint à l'arrière le basculer pour éviter que l'hélice touche le fond. Le bateau, par l'inertie s'échoua gentiment sur cette plage interdite. Les cœurs de nos aventuriers débutants s'affolaient quelque peu. La valisette d'une main, Carol de l'autre, Alan s'empressa de sauter du bateau. L'eau arrivait jusqu'aux genoux. Elle semblait chaude et bienfaisante. Le jeune couple se regardait dans les yeux, heureux de débarquer, ainsi, sur un territoire inconnu. Christopher, les suivait de près.

Tout en luttant contre le courant des vagues, Alan s'exprima sur ses émotions.
— Tu te rends compte ma chérie ! Ça fait des semaines que cette île captive mon attention et maintenant, j'y suis.
— Oui ! Je le vois bien. Mais j'ai peur qu'on se fasse prendre par les autorités.
— Ne pense pas à ça, ma chérie ! Profite de ce lieu magique.

Tous trois étaient, à présent, sur une grande étendue de sable. D'un grain assez gros, les pieds nus s'y enfonçaient involontairement. C'était une plage qui paraissait ne pas finir et en face d'eux, une dune d'une hauteur surnaturelle. Carol adorait déjà l'endroit, elle étendit sa serviette. Les garçons, eux, avaient des envies d'inspection.
— Ma chérie ! Nous allons faire un tour. Ne bouge pas !
— Mais je ne compte pas bouger !
Elle s'allongea sur le ventre, la tête sur le côté. Il ouvrit sa petite mallette, en sor-

tit des jumelles et observa, attentivement les lieux. Il commença par la dune. Christopher, sans plus attendre, avait commencé à grimper cette montagne de sable. Malgré son agilité et ses longues jambes, il s'enfonçait inexorablement, comme dans des sables mouvants. Sans avoir de quoi s'agripper, c'était impossible de progresser. Au bout de quelques mètres, tous ses efforts étaient vains, il retombait au pied de la dune. Alan, de ses jumelles, comprenait la difficulté de cette escalade. Partiellement épuisé, Christopher rejoignit ses amis.

— Monsieur Katerman, vous m'excuserez, mais c'est impossible de grimper !

Il reprenait son souffle.

— Oui ! Je m'en suis aperçu. Il va falloir trouver une autre solution pour aller là-haut.

— Je vous laisse le soin de trouver ! intervint Carol, en se retournant.

Alan comprit ainsi que sa tendre préférait le bronzage à l'aventure. Tout compte fait, à ses yeux, c'était moins dangereux. Il scruta à nouveau la plage, de ses jumelles, mais ne voyait que du sable.

— Chérie ! Christopher et moi allons faire un tour, le long de cette plage. D'accord ? On revient !
— Soyez prudent, tout de même ! On ne sait jamais.

Ils s'éloignèrent, la laissant, ainsi isolée, sur cette grande étendue de sable. Ils marchèrent le long de la plage, pour Alan, ça paraissait interminable. Puis, soudain, au loin, il vit la dune s'accoler à la roche.
— Regarde Christopher ! Il y a peut-être un moyen de grimper.
— Vous croyez, monsieur Katerman ?
— Oui ! À l'endroit même où la dune se termine. Je sais, ça ne sera pas facile, mais il faut essayer.

Une fois sur place, Alan grimpa en premier. Malgré la pente, en se collant contre la paroi du rocher, l'ascension était réalisable. Lentement, mètre après mètre, ils progressèrent. La roche avait pour avantage de donner de multiples prises. Cependant, Alan sentait sa chaleur lui chauffer le visage. La paroi était même brûlante, à certains endroits.
— Ça va, Christopher ?
— Oui, monsieur Katerman ! Ne vous en faites pas pour moi, je vais à mon

rythme. Je n'ai jamais pratiqué l'escalade, auparavant. Dit-il, le souffle coupé.

Après quelques efforts soutenus, Alan réussit à atteindre le sommet. Il s'assit pour récupérer un peu. Puis, Christopher arriva à son tour.

— Je préfère la peinture ! C'est moins fatigant. Dit-il, le visage tout rouge.

— Tu as voulu venir ! Je te rappelle.

Il resta muet, de cette remarque. À cette hauteur, ils avaient une vue impressionnante sur les environs. La mer, d'un beau bleu dégradé, rejetait gentiment son écume sur le sable. Au loin, son bateau apparaissait telle une coquine de noix, dans cet océan.

— Quelle belle vue panoramique ! s'exclama-t-il.

— Oui ! Quelle chance nous avons !

Puis, ils se retournèrent pour découvrir une flore sauvage, constituée principalement de hautes herbes et de ronces.

— Vous voulez traverser, monsieur Katerman ?

Il pressentait de nouvelles difficultés.

— Oui ! Vois-tu, on distingue une forêt un peu plus loin. Je suis sûr qu'il y a qu'une vingtaine de mètres à franchir. Dit-il pour encourager ce coéquipier inattendu.

La végétation était dense. Les ronces ne facilitaient pas les choses. Toutefois, après quelques écorchures aux jambes et aux bras, ils réussirent à traverser cette nature épineuse. Ils étaient dans un sale état, mais gardaient le sourire. Ce goût pour l'aventure était un point commun, indiscutable.

— Quand je serai de retour à la maison, Jenny va me passer un savon. Confia Christopher, en inspectant ses écorchures.

Alan n'écoutait plus, il était intrigué par ce qu'il voyait. Non pas la forêt avec ses grands pins, qui laissaient passer, aux pieds des arbres, quelques rayons du soleil, mais cette clôture, rigide, constituée de grillages. Il s'approcha pour mieux contempler. Il y avait précisément deux grillages, plaqués l'un contre l'autre. Ainsi, par manque d'appui, vouloir y grimper, demeurait impossible.

— Vous avez vu la hauteur, monsieur Katerman !

— Oui ! Il y a bien dix mètres. Je suis surpris d'un tel dispositif pour protéger la faune et la flore. Ça cache quelque chose.

— Que fait-on, monsieur Katerman ? On fait demi-tour ?

— Longeons la clôture pour voir jusqu'où elle va !

Les deux hommes marchèrent, l'un derrière l'autre, sans dire un mot. Puis, Christopher rompit le silence.

— Vous êtes déçu monsieur Katerman ? Vous auriez voulu aller plus loin ?

— Ce n'est pas un grillage qui va m'arrêter, rassure-toi !

— Regardez monsieur Katerman ! Au-dessus de vous !

Accrochée au grillage, à une hauteur de cinq mètres environ, une grande pancarte en fer indiquait « Propriété Privée. Défense d'entrer ». C'était un mystère de plus. À qui appartenait donc cette propriété privée, sur cette île ? Pourquoi autant de sécurités mises en place ?

Tant de questions qui suscitaient l'envie à Alan de franchir cette clôture. Puis, ce fut comme une révélation pour lui. Quelque chose venait de s'éclaircir, dans son esprit.

— Mais bien sûr !

— Qu'y a-t-il ? Monsieur Katerman.

Christopher brûlait d'impatience de savoir.

— Ces fameux flashs lumineux, que l'on perçoit de la mer ! C'est simplement le reflet du soleil, sur cette affiche. Il n'y a rien de mythique, dans tout ça. Dit-il, suivi d'un rire forcé.

— Quand les filles vont savoir ça !

— Pas un mot, Christopher ! Laissons-les dans leurs délires de légendes et autres sottises.

Ils continuèrent leur marche le long de la clôture. De ses jumelles, Alan apercevait, à présent, plus nettement Carol, bronzée au soleil.

— Christopher ! Je pense que cette clôture fait tout le tour de l'île. Pas la peine de continuer. Allons rejoindre notre aventurière.

Ils s'enfoncèrent à nouveau dans les ronces. Cette seconde traversée fut tout aussi difficile que la première. Puis, ils se retrouvèrent au sommet de la dune. Pour rejoindre au mieux la plage, ils n'avaient pas d'autre choix que de se laisser glisser sur le sable. Nos deux aventuriers s'efforçaient de ralentir leur course, en freinant des pieds. Ce ne fut pas sans mal. Carol ne voyait pas ce qui se tramait dans son dos. Si elle avait vu leurs descentes rocambolesques, elle n'aurait pas manqué de rire.

De retour sur la plage :
— Alors, ma chérie ! On ne t'a pas trop manqué ? Questionna Alan, l'air le plus naturel qui soit.

Elle s'était caché le visage, en partie, sous son chapeau. En se retournant, elle fut interloquée en le voyant.

— Mais, que vous est-il arrivé ? Vous êtes dans un état !

— Ce n'est rien ! Juste quelques ronces.

— J'ai bien fait de m'abstenir de venir !

Elle se retourna pour observer la mer.

— Avez-vous découvert quelque chose, au moins ?

Les deux hommes se dévisagèrent en silence et Alan préféra mentir.

— Non ! Comme tu le vois, on n'a pas pu progresser. Pour inspecter les lieux, il faut des habits adaptés et des outils. En conséquence, je compte revenir.

— Ah bon ! Tu comptes revenir ? Tu crois vraiment que le voleur vient ici, sur cette plage perdue ?

— Oui ! Je veux poursuivre mes recherches. Tu n'es pas obligée de venir, ma chérie.

— Je n'ai rien contre à revenir ici, c'est si beau ! Ce sont les ronces qui me bloquent. Dit-elle en ramassant sa serviette.

L'après-midi était bien avancé. Elle marcha pour se dégourdir un peu les jambes. L'eau claire faisait le plus grand bien. De tout petits poissons venaient se faufiler, entre leurs jambes. Un peu à contrecœur et surtout parce que la nuit tombait vite, ils quittèrent ce lieu paradisiaque. Une fois à bord du bateau, ils regardaient la plage s'éloigner, avec une sorte de regret. Christopher était aux commandes. Alan enserrait Carol de ses bras, elle semblait frigorifiée. Le trajet de retour fut un moment propice à la méditation.

— Alors, Christopher ! Comment vas-tu appeler ton bateau ? Demanda Carol.

— Heu ! Je n'y ai pas encore réfléchi.

— Pourquoi pas « la tortue » ? Proposa-t-elle, de façon ironique.

C'est ainsi qu'une succession de noms fut proposée, en passant du « Lion des mers » à « l'escargot ». Toutefois, en arrivant au port, ils se mirent d'accord pour : « Baby Blue », faisant référence à « petit bateau bleu ». Ils débarquèrent et prirent la route ensemble. Jenny les avait invités pour la soirée.

Précautionneuse, Carol avait prévu des changes. Une fois chez Jenny, ils prirent une douche et se changèrent. Puis, chacun s'assit sur la terrasse, un peu affalé, fatigué de cette journée aventureuse.

— Je ne sais pas ce que vous avez trouvé là-bas, mais vous vous êtes battus comme des lions ! s'exclama Jenny.

— Tout le monde ne peut pas en dire autant ! Dit Alan.

— J'avoue que je n'avais la tête, aujourd'hui, à jouer les aventurières. Ça sera pour une autre fois.

Christopher expliqua, à Jenny, leur randonnée en exagérant quelque peu certains passages et notamment celui de la traversée dans les ronces. Il faisait de grands gestes, tel un Don Quichotte qui se bat contre un adversaire invisible. Alan sourit de ce récit romanesque et fut admiratif de l'imagination débordante de ce jeune homme.

— Enfin, nous avons vaincu l'adversaire et nous nous sommes retrouvés en haut de la dune. Dit-il pour clôturer son histoire.

— Oui ! Bien sûr ! Et ensuite, vous avez passé les menottes au voleur.
Ajouta Jenny, poussant la moquerie à son paroxysme.

— Ne continue pas, Jenny ! Sinon, c'est moi qui vais te les passer, les menottes !

La soirée se passa ainsi, sur le ton de la plaisanterie, ou les filles ne manquèrent aucun instant à ironiser de leurs exploits.

12

— Le secret de l'île —

Alan espérait, un jour, mettre la main sur le cambrioleur. Tôt le matin, il fut informé par Fisher d'une huitième toile volée, cette fois-ci, en pleine journée. Pour cette raison, il se décida à retourner sur l'île « rocher » et sa chérie l'accompagnera, car ses envies d'aventures prennent enfin le pas sur ses peurs.

Ils avaient repris le bateau de Christopher, en début d'après-midi, pour réaliser un trajet, quasiment identique à celui de la veille. Cependant, il avait emmené tout le matériel indispensable, pour franchir les obstacles. Aussitôt débarqués sur l'île, ils s'équipèrent sans tarder.
— Je peux vraiment compter sur toi, ma chérie ?
— Pas de souci, s'il faut entrer dans un cratère, je le ferai, les yeux fermés.

Il commença son escalade, sur la roche. Munis de gants et de chaussures adéquates, l'ascension fut plus facile. Ils furent au sommet très rapidement et prirent une minute à contempler le paysage. Notre couple d'aventuriers se félicita d'avoir grimpé, aussi facilement. Puis, après avoir donné un tendre baiser, il sortit de sa sacoche une faucille et se fraya un passage, en force, dans les ronces. Elle le suivait dans ses pas et pouvait ainsi avancer, sans difficulté.

— Encore quelques pas et nous y sommes !

Il redoublait d'efforts et était en nage. En outre, sur cette île, la chaleur était accablante.

— J'imagine mal quelqu'un faire tout ce périple. C'est bien compliqué !

Elle s'épongeait le front.

— J'en conviens, il y a certainement une autre solution, mais je ne l'ai pas trouvé. Après quelques coups de faucille, supplémentaires, il vint à bout de cette épreuve.

— Voilà, ma chérie ! Nous y sommes !

Ils étaient au pied de la clôture, qui lui paraissait encore plus élevée, que la veille. Il sortit une corde, à nœuds, spécialement confectionnée et prit soin de l'attacher solidement au grillage.

— Que fais-tu, mon chéri ? C'est quoi cette clôture ?

— Je suis tout comme toi. Beaucoup de questions, sans réponse.

Il tira sur la corde, revint sur ses pas et traversa à nouveau les ronces.

— Je ne comprends pas ! Que fais-tu ?

— Je reviens. Je vais mettre cette corde, le long de la roche. Elle nous permettra ainsi de redescendre.

Elle attendit son retour et, par curiosité, regardait cette forêt sombre, présente de l'autre côté. Tout semblait bien calme, dans ces environs. Elle n'avait pas peur. Probablement, cet étrange mur la rassurait.

— Me revoilà !

De sa sacoche, il sortit un coupe boulon et commença à grignoter le grillage. Il fallait de la force, aussi il ne ménagea pas ses efforts.

— Qu'est-ce que tu fais ? C'est interdit !

— Si tu as une autre solution, je suis preneur !

Elle sortit une petite bouteille d'eau et en but une gorgée.

— Tiens, mon chéri ! Il faut boire !

Il s'arrêta, s'exécuta puis reprit sa besogne. Elle regardait autour d'eux, avec la crainte d'être surpris. Son visage n'exprimait plus les émotions passées, où il était question de braver mille dangers.

Il jeta un œil, à son égard, et il s'en aperçut.

— Ou est donc passée ma belle aventurière ? Celle qui esquive les balles et élimine tous les brigands !

Il affichait un grand sourire. Elle ne s'attendait pas à une telle réaction et ce fut salvateur. Tel un électrochoc, elle appréhenda la situation, sous un autre angle et mit, pour l'instant, de côté, sa torpeur.

— Tu as raison ! J'ai tendance à affabuler.

Alors qu'elle était en train de se donner du courage et une nouvelle motivation, il venait d'achever son travail.

— Voilà ! Je pense que c'est suffisant.

Il poussa fortement le grillage, découpé, afin qu'il puisse passer. Il fut ravi de cette incursion. Il allait pouvoir mettre des réponses à ses questions. Puis vint le tour de sa douce, elle était hésitante.

— N'aie crainte ! Je peux t'assurer qu'il n'y a rien de maléfique, dans cette île ! Dit-il, de l'autre côté de la clôture, en tirant de ses mains le grillage.

Confiante, elle entra dans cette ouverture improvisée et le suivit.

Il y avait quelques mètres ensoleillés, avant de pénétrer dans cette forêt de pins. Parce que les arbres étaient proches, les uns des autres, leurs cimes, se côtoyant, servaient de précieux remparts contre le soleil. Tel est si bien, qu'une fois arrivé dans ce sous-bois, une différence de température se manifestait.

— C'est agréable, cette fraîcheur !
— Oui, ma chérie. Mais silence, maintenant, nous devons nous montrer discrets.

De son chapeau, elle se donnait un peu d'air frais. Ils marchèrent, sur ce tapis particulier, constitué principalement d'aiguilles de pins et de branchages. Sous leurs pieds, ça craquait ostensiblement. Ils s'efforçaient de marcher, le plus discrètement possible, dans cette propriété privée. Toutefois, ces odeurs d'aiguilles, réchauffées par le soleil, enivraient la jeune femme. Malgré le contexte, elle se sentait connectée à la nature.

Carol, excitée de s'introduire, sans autorisation, dans un endroit où le danger peut être présent, se sentait rassurée aux côtés d'Alan. Il émanait de ce dernier une force, une assurance, une volonté de réussir, qui poussait, quiconque, à le suivre dans ses aventures, les yeux fermés. Toutefois, il persistait à prendre, exagérément, des précautions, notamment pour la gent féminine. Pour elle, cela trahissait chez lui, un mal-être, lié à son passé. Il souhaitait résoudre cette enquête. Elle souhaitait comprendre ses tourments. Chacun devait être patient, pour atteindre son objectif.

Après avoir parcouru, environ, un demi-kilomètre, dans cette forêt, ils distinguèrent, au travers des arbres, un petit chemin. Que rejoignait-il ? À quoi aboutissait-il ? Impossible de savoir pour nos deux aventuriers.

— Que fait-on Alan ? On prend ce sentier ?

— Essayons ! Nous verrons bien, où il nous mène !

À présent, la petite allée en pente, incitait à accélérer le pas. Ils descendaient assez profondément, au cœur de cette île. Puis, ils s'arrêtèrent net, contre un arbre, pour ne pas se laisser embarquer par l'inclinaison. Il avait perçu quelque chose, au loin, à quelques centaines de mètres.

— Qu'y a-t-il, mon chéri ?

— Il me semble voir une habitation au loin. Je dois vérifier.

Il sortit de son sac, la paire de jumelles et calé contre l'arbre, observa attentivement.

— Que vois-tu ?

— C'est étrange ! Il y a comme un baraquement, semi-enterré.

Il regarda à nouveau.

— Les murs sont épais. Il y a des ouvertures, mais pas de fenêtre. J'ai l'impression qu'il y a des barreaux. Je me trompe peut-être ! Nous sommes trop loin !

— C'est bizarre, ce que tu me dis là ! Une maison enterrée !

Il détacha ses yeux, de ses jumelles.

— Non ! Non ! Pas une maison, comme tu peux l'imaginer. C'est très rudimentaire. Je n'ai jamais rien vu de tel. Nous allons nous approcher, mais restons discrets. S'il y a du monde, on file ! On ne prend aucun risque.

Carol faisait un signe de la main, tel un soldat obéissant à un ordre. Même si la situation ne se prêtait guère à la moquerie, il sourit tout de même.

Après avoir rangé ses jumelles, ils reprirent leur marche, silencieusement. Soudain, le petit chemin vint se fondre, sur une place bétonnée. Ils descendaient, dissimulés, d'arbre en arbre. Camouflés derrière le dernier, ils observaient les lieux, Carol dans le dos d'Alan. Tout était calme, hormis le vent dans les cimes.

— Je crois qu'il n'y a personne ! dit-il, à voix basse.

— Comme c'est lugubre ! On croirait que c'est abandonné, depuis de longues années ! Tu crois que quelqu'un vit ici ?

— On va bientôt le savoir. On va inspecter les lieux. Il ne faut pas trop traîner, je ne veux pas qu'on soit pris par la nuit.

— Oui ! Tu as raison, mon chéri. Dépêchons-nous !

Aussi, ils prirent ce risque de se mettre à découvert. Ils marchèrent, rapidement, jusqu'à l'entrée du baraquement. Après avoir descendu quelques marches, ils entrèrent dans cette étrange bâtisse, où il n'y avait ni porte, ni fenêtre. Dans cette première pièce, il n'y avait rien, hormis un monticule de feuilles sur le sol, des murs sales et une autre ouverture sur la gauche.

— Tu as remarqué, mon chéri, comme les murs sont épais. C'est impressionnant, on croirait un blockhaus.

— Oui ! Tout me laisse à penser que c'est une prison, surtout avec ces barreaux, fixés dans les murs. Voyons les autres pièces.

Ce fut un choc pour eux, sous leurs yeux, un long couloir d'une vingtaine de mètres. De chaque côté, il y avait des pièces carrées, comme des box. Dans chaque box, il y avait une sorte de banc en pierre, assez large, encastré dans le mur de gauche. Sur le mur du fond, apparaissait une ouverture, un peu plus large qu'une meurtrière, pour laisser passer la lumière. Mais, le plus surprenant, c'était toute cette nature qui s'était approprié les lieux. En outre, il n'y avait plus de plafond. Cet endroit était à la merci des intempéries.

— Tu as raison, mon chéri, c'est bien une prison. Ça ne fait aucun doute.

— Oui ! Ces bancs devaient servir de paillasses. On imagine assez bien les conditions, déplorables, de détention.

De nombreuses plantes grimpantes décoraient les murs et le sol. Parce qu'il y avait un épais tapis de feuilles, de ronces et autres arbrisseaux, on ne distinguait plus le béton. Il fallait avoir une âme romantique pour apprécier ce paysage et oublier quelque peu la vie austère de ces occupants.

— Comme c'est magnifique, Alan ! Je ne regrette pas d'être venue.

— Magnifique ? Je te trouve bien indulgente. Je ne vois que ronces et toiles d'araignées géantes.

— Il ne s'agit pas de cela. Il faut, simplement, voir comment la nature a su embellir ce lieu si triste, à la base. Imagine, la nuit, c'est le ciel étoilé qui sert de plafond à cette demeure. N'est-ce pas admirable ?

Alan n'avait pas le même état d'esprit et voulait ne pas s'égarer de sa mission première. Il avança donc dans ce couloir, pour examiner chaque pièce, dans l'espoir de trouver quelque chose. Il restait convaincu, depuis plusieurs jours, qu'il était sur le chemin de la vérité. Carol, encore sous l'emprise de la beauté des lieux, se montrait moins démonstrative, dans les recherches. Après avoir fouillé, chaque pièce, il s'avouait déçu. Il n'y avait rien.

— Je trouve que tu attaches bien trop d'importance, à cette enquête, mon chéri ! Ne culpabilise pas, tu fais de ton mieux !
Elle souhaitait le rassurer.

— Il ne s'agit pas de cela ! Je t'expliquerai plus tard. Dit-il, agacé.

C'était la première fois qu'elle le voyait énervé, à ce point. Elle préféra faire silence. Le vent s'engouffrait parfois, dans le couloir, pour chasser d'éventuelles mauvaises odeurs. Muni de sa faucille, il acheva cette traversée. Carol avait bien du mal à le suivre, ses jambes étaient toutes écorchées. Toutefois, elle gardait le sourire. La présence de son homme, lui suffisait amplement, elle était simplement heureuse. Tout contre lui, les bras autour de son cou, elle se noyait dans ses yeux. Puis, elle remarqua une petite pièce, derrière, en contrebas.

— Tu as vu, mon chéri ! Il y a une pièce derrière toi.

Alan se retourna et fut ravi de cette nouvelle. Il se détacha de sa tendre et se précipita pour descendre les trois marches, pour atteindre la porte. Elle le rejoint, aussitôt. Sa main sur la poignée, elle l'encouragea en ajoutant la sienne. Ensemble, ils ouvrirent la porte.

Contrairement aux box, cette pièce était équipée d'un bureau gris, d'une chaise et d'un meuble secrétaire marron, en fer, avec trois tiroirs. La lumière du jour passait par une petite ouverture, dans le mur. Ils entrèrent dans la pièce. Le sol était poussiéreux et sec. Étrangement, la nature avait épargné cet endroit. Hâtivement, Alan fouilla les tiroirs du secrétaire. Rien dans les deux premiers, celui du bas était difficile à ouvrir, il avait tendance à se coincer et non sans bruit. Ce détail souciait Carol et la peur que quelqu'un les surprenne lui reprenait. Il s'accroupit et tira de toutes ses forces.

— Doucement, mon chéri ! Tu fais trop de bruit ! On va nous surprendre ! dit-elle, assise sur la chaise.

— Qui peut donc nous surprendre ? Nous sommes seuls ! Dit-il, en arrachant d'un coup sec, ce tiroir récalcitrant.

Malheureusement, là encore, il était vide. Alan se releva et s'épongea, au mieux, le front. Bien que cet endroit fût en partie enterré et qu'au niveau des pieds on ressentait la fraîcheur du soubassement, l'air était chaud et exténuant. Il but une gorgée d'eau, avant de repartir dans ses recherches. Carol s'était approchée de l'ouverture et tendait son visage contre les barreaux pour prendre une bouffée d'oxygène. Elle regardait, au-dehors, et ne percevait pas grand-chose, le soleil commençait à se coucher.

— Alan, il commence à faire nuit. Il ne faut plus traîner, maintenant !

— Oui ! Oui ! Encore une minute ! dit-il, en fouillant le bureau.

— Tiens ! Regarde ! Qu'est-ce que c'est que ça ? Ajouta-t-il, à l'ouverture du dernier tiroir.

Elle regarda, à son tour. Il y avait un curieux appareil et un petit étui, en cuir, posé à côté. Délicatement, il sortit l'ensemble et le posa sur le bureau. Ils se regardèrent un instant, interloqués, ne savaient pas ce que c'était.

— Tu as vu, c'est quelque chose d'électrique, il y a des bornes sur le côté.

— Oui, je n'ai jamais vu d'appareil de ce genre.

Il scruta l'engin, sous tous les angles.

— Regarde ! Ça ressemble étrangement à une clé. Dit-elle, après avoir extrait la pièce métallique de l'étui.

Il prit l'objet et convint, après quelques essais, qu'il s'adaptait dans un logement de la machine.

— On croirait une sorte d'emporte-pièce. Il est possible que ça serve à fabriquer des clés.

— Il faut rentrer, maintenant, mon chéri. Que comptes-tu faire de ça ? Tu vas l'emmener ?

— Non ! Non ! Non ! Surtout pas. Je suis convaincu qu'on a trouvé quelque chose. Je ne comprends pas la présence d'un tel appareil, ici.

On entendit un cliquetis, suivi d'un bruit original. Alan se retourna, la frayeur se lisait sur son visage.

— Ah ! C'est toi ! Tu m'as fait peur !
Carol avait sorti son appareil photo et photographiait la machine.

— Tu vas voir, en moins d'une minute, nous aurons une photo.

Pendant ce temps, il examinait minutieusement la clé. Il la mit dans sa poche. Ensuite, Il remit la machine exactement à sa place et l'étui vide, dans le tiroir.

— Tu as raison ! Il est temps de partir ! dit-il, avec un sourire aux lèvres.

Après avoir vérifié que tout était en ordre, ils quittèrent la pièce. Sur leur droite, il y avait une sortie vers l'extérieure, qui évitait ainsi de faire le chemin inverse. Toutefois, avant de quitter les lieux, Carol prit une autre photo, de cette étrange prison. À cette heure avancée, le couloir mal éclairé déclencha le flash de l'appareil.

— Arrête avec tes photos ! Tu vas finir par nous faire repérer.

Le chemin du retour fut fait à un rythme soutenu. Ils remontèrent le petit chemin et s'enfoncèrent dans le bois. L'obscurité s'emparait des lieux, ils arrivèrent complètement essoufflés, au niveau du grillage. Ils aimaient franchir à nouveau cette clôture, avec une impression d'endosser le rôle de prisonniers évadés. Puis, une fois les ronces franchies, tels des aventuriers aguerris, ils descendirent la corde à nœuds, avec aisance. Une fois sur la plage, Alan rechercha, de ses jumelles, leur petite embarcation. Les visages souriants et empreints de gaîté de cette cavalcade extraordinaire, une fois retrouvée, ils coururent dans l'eau fraîche, les cœurs palpitants, les quelques mètres qui les séparaient. Enfin à bord, Alan mit le moteur en marche et reprit la mer, pour quitter ce territoire défendu. Carol se pinçait les lèvres en réalisant l'aventure parcourue.

13

— Travail d'équipe —

En ce mois d'août, les touristes étaient au rendez-vous. Le port de plaisance, à Bluetown, était bondé et plus particulièrement ses terrasses. Alan, confortablement installé, sirotait une bière en attendant son invité. La brise légère et l'ensoleillement étaient des privilèges bien appréciés. Cette petite halte lui permettait de faire le point, dans de bonnes conditions. Carol devait le récupérer, en voiture, un peu plus tard, en milieu d'après-midi. Il était admiratif de tous ces peintres amateurs, qui réussissaient de façon fidèle, sur leur toile, à mettre en évidence l'atmosphère des lieux. Cela le faisait doucement sourire, lui qui était incapable de faire le moindre dessin. Par moments, il entendait la sirène des bateaux promenades, au loin, qui interrompait sa quiétude. Puis vint celui qu'il attendait, avec enthousiasme.

— Robert ! Content de te revoir !

Il se leva et lui serra chaleureusement la main.

— Bonjour Alan ! Pourquoi tant de mystère ?

Ils s'installèrent autour de la petite table. Le shérif commanda une bière.

— Oui, je sais, mais au téléphone, je ne pouvais rien te dire.

— Alors dis-moi ! De quoi s'agit-il ?

Alan avait bien réfléchi à la façon d'aborder le sujet, avec Fisher, il fallait se montrer direct.

— C'est à propos de l'île « rocher » ! Que sais-tu exactement ? Ne me parle pas de légende, je n'ai pas de temps à perdre. Dit-il en le dévisageant.

— C'est plutôt moi qui te renvoie la question. Si tu me parles de ça, c'est que tu sais quelque chose. Tu m'inquiètes Alan.

— Ah ! Tu t'inquiètes pour ma sécurité ou bien tu as peur que je découvre quelque chose ? Il nous faut travailler en équipe, Robert ! Dis-moi ce que tu sais.
Robert bu sa bière, et après une bonne minute de silence, il paya et se leva :

— Viens ! J'ai besoin de marcher.

Alan le suivit, ils marchèrent ainsi sur le ponton. Seuls, les cliquetis des bateaux, doucement bercés, occupaient les lieux. Puis Fisher se manifesta :

— Je suppose que tu as vu la clôture ?

— Tu supposes bien ! Qu'y a-t-il de l'autre côté ?

— Je vais sincère avec toi, Alan ! Je n'ai rien à gagner à te mentir. Je n'en sais pas plus que toi ! Quand j'ai pris le poste, il y a quelques années, maintenant, mon prédécesseur avait un dossier sur cette île. Il m'a bien recommandé de ne pas en savoir plus.

— Ce que tu as fait, je présume ! intervint Alan.

— Oui ! J'ai contacté mes supérieurs et je ne sais pas si c'est secret-défense, mais impossible d'obtenir le moindre renseignement.

— Voilà Alan ! Je ne peux malheureusement, t'en dire plus. Ajouta-t-il.

— Je te crois Robert ! J'ai confiance et je te remercie. Je vais devoir te laisser, je vois Carol arriver. Nous sommes invités chez des amis, cet après-midi.

— OK Alan ! Amuse-toi bien et tiens-moi informé, si tu as du nouveau.

Alan, sans un mot, fit un signe affirmatif de la tête puis s'éloigna.

Sous un beau soleil, Jenny et Christopher avaient invité leurs amis, pour leur annoncer une nouvelle. Lauren, Carol, Alan et Jim étaient de la fête. Jenny avait installé quelques petites tables rondes, sur la pelouse.

— Alors Jenny ! Ça se passe comme tu veux ?

— Oui Lauren ! C'est parfait ! Une table pour les amuse-bouche, une autre pour les verrines et la dernière pour les desserts.

— Que de choix ! Ailes de poulet, cuisses de grenouilles, crevettes à décortiquer, sans oublier ta tarte au citron et une autre aux noix ! Dit Carol, fascinée.

— Je sais ma chère, mais aujourd'hui, c'est un grand jour !

Elle affichait un sourire inhabituel et sa bonne humeur était contagieuse. Christopher était habillé d'une façon, très soigné, si bien que tout le monde se demandait ce qui se tramait là-dessous. Chacun essayait, de son mieux, de découvrir le pot aux roses, mais rien n'y fait, c'était une énigme. Alan, lui, était sous le feu de multiples questions, que lui prodiguait Jim, en rapport avec cette sortie sur l'île « rocher ». Il avait l'impression de subir un interrogatoire, musclé. Christopher, témoin de l'entêtement du jeune homme, préféra mettre un frein.

— Jim ! Sois gentil, laisse tranquille, notre docteur.

Conscient qu'il avait dépassé les limites, il s'excusa.

— Excusez-moi, monsieur Katerman ! Ma curiosité me pousse, parfois, à ne plus m'arrêter.

— Ce n'est pas grave, Jim. À ton âge, j'aurai fait la même chose. Répondit-il, tout en se rapprochant des filles.

Parce que Jenny est petite, Christopher avait fabriqué une estrade, pas très haute, à son intention. Dotée d'un grand chapeau rouge, elle avait choisi, pour ces circonstances, de porter une belle robe noire. Elle monta sur la marche et fit un signe à Christopher. Aussitôt, il agita, de sa main, énergiquement une cloche, pour regrouper la petite troupe autour d'eux. Une dizaine de personnes se rassemblèrent, le verre à la main, car la chaleur de l'été incitait à se désaltérer. Les filles avaient fait le nécessaire pour que le « punch maison » ne soit pas trop alcoolisé.

— Messieurs, Dames, nous avons une nouvelle à vous annoncer. Dit Jenny, toute souriante, les mains croisées.

Elle éprouvait beaucoup de mal à dissimuler sa nervosité. Christopher, situé dans son dos, sans même la voir, la connaissait par cœur. Aussi, il mit ses mains chaudes sur ses épaules, pour l'encourager. Elle apprécia ce petit geste d'attention, attendit que tout le monde fasse silence et poursuivit son élocution.

— Nous vous remercions de votre présence ! Bien sûr, vous êtes, depuis longtemps, nos amis. Nous souhaitons profiter de ce petit rassemblement, pour vous faire part de nos... roulement de tambours... nos fiançailles ! s'exclama-t-elle, en levant la tête vers son chéri.

Cette nouvelle réjouit cette petite population et chacun leva son verre, pour fêter cet heureux évènement. Toutefois, pour quelques-uns, ça paraissait un peu prématuré. Leur relation amoureuse était récente. Lauren partageait cette idée, elle s'approcha.

— Ne trouves-tu pas que c'est un peu précipité ? Je suis heureuse pour vous, mais tu comprends aussi ma réaction.

— Rassure-toi, ma chérie ! C'est une décision mûrement réfléchie. Je connais bien mon Christopher, depuis longtemps. Je sais que c'est l'homme qu'il me faut. Proclamait-elle, avec un grand sourire, accompagné d'un regard démontrant qu'il ne fallait pas insister. Elle but son verre, d'un trait. Carol prit Lauren par la main et l'éloigna.

— Ne va pas nous énerver notre Jenny ! Je préfère la voir ainsi, plutôt qu'elle fasse la sulfureuse avec les autres.

— Oui ! Tu as raison. Suis-je bête ! s'exclama-t-elle, dans un grand rire.

Après cette petite agitation due à cette nouvelle inattendue, chacun reprit le cours de sa conversation. Concernant les hommes, elles étaient principalement axées sur la légende de l'île et ses secrets. Les femmes n'avaient que faire de ces histoires et préféraient s'échanger de bonnes adresses, pour dénicher des articles à bon prix.

Cela remontait, maintenant, à quatre jours, leur expédition sur l'île interdite. Alan avait beaucoup réfléchi depuis, sur l'étrange découverte et l'éventuel rôle de la clé. Il avait ses idées en tête, voire un plan, mais il avait besoin d'aide, pour sa réussite. Aussi, il comptait sur la participation des personnes présentes, à cette petite fête. Pour cela, il devait leur dire toute la vérité, sans rien cacher. C'est la raison pour laquelle, il avait fortement insisté auprès de Jenny, de ne pas inviter Robert Fisher. Ce dernier se serait opposé à ses initiatives. En conséquence, un petit groupe s'était réuni, autour d'Alan, pour écouter ses propos et notamment le récit détaillé, de ses aventures. Carol avait remarqué cette petite réunion et entre apercevait son chéri, mimer leurs péripéties.

— Puis, nous avons fouillé toutes les cellules, sans succès. C'est uniquement dans la dernière pièce que nous avons trouvé une curieuse machine.

— De quoi s'agissait-il, monsieur Katerman ?

— Tais-toi, Jim ! Laisse-le parler ! Ordonna Christopher.

Un autre lui fit un léger coup de coude, pour lui faire comprendre de ne plus interrompre l'orateur. Chacun ici présent, buvait ses paroles, les yeux grands écarquillés, par ses révélations.

— Dans le tiroir du bureau, il y avait cette étonnante machine. D'ailleurs, regardez ! Carol, en a pris une photo.

Il la fit passer, de main en main, pour que chacun puisse se faire une opinion sur le sujet.

— Je pense qu'elle doit permettre la fabrication de clés.

Il sortit la clé de sa poche, la montra à l'assistance.

— Voyez ! Celle-ci était à côté de la machine. Vous remarquerez que ce n'est pas une clé comme nous possédons. Elle ne possède pas de numéro.

— Et à quoi peut-elle servir, selon vous, monsieur Katerman ? intervint Christopher, en redonnant la photo.

— Il est fort probable qu'elle va servir dans un prochain cambriolage. Aussi, j'ai besoin de vous.

Un silence se fit. Surpris, ils se regardèrent, puis Christopher prit la parole.

— Mais alors, si je comprends bien votre raisonnement, monsieur Katerman, le voleur est venu chez mes parents, subtiliser une clé, en faire un double et revenir ensuite pour faire son forfait !

— Pas tout à fait ! Il n'a pas subtilisé la clé, il a dû faire un moulage ou quelque chose, dans ce sens. Puis avec cette machine, réussir à en faire une autre, pour s'infiltrer facilement.

— Ah ! Je comprends mieux ! Vous pouvez compter sur nous, du moins, si ce n'est pas trop dangereux.

Sur son visage, il y avait un mélange de sourire et d'anxiété.

— Rassurez-vous ! Je ne demande à personne de se mettre en danger. C'est hors de question ! Non ! Tout ce que je souhaite, c'est conserver la discrétion. Ainsi, de cette façon, nous avons une petite chance, de mettre la main sur ce brigand, de le prendre en flagrant délit.

— De quoi s'agit-il ?

Christopher manquait de patience, il brûlait de désir de participer, au plus vite.

— Voilà, je vais vous laisser cette clé, attention de ne pas la perdre ! Je vous demande de trouver pour quelle maison, elle est destinée. Je sais que c'est compliqué, mais je ne vois pas d'autre solution, efficace, pour l'instant.

Cette requête laissa sans voix, quelques instants, les convives.

— Puis-je émettre une idée, monsieur Katerman ? Se risqua Jim.

— Bien sûr ! Je t'écoute.

— Je pensais à l'idée de faire un recensement, dans la ville de Bluetown et ses environs. Puis, profiter d'une petite diversion pour essayer la clé !

— Géniale, superbe idée, Jim ! De plus, comme tu es le fils du shérif, c'est très crédible ! s'exclama-t-il, satisfait de cette trouvaille.

Curieusement, il lui serra la main, bien chaleureusement.

— À quoi jouez-vous ? Vous vous serrez la main, maintenant ! s'exclama Carol, accompagné d'un sourire moqueur.

— Heu ! Je le félicitais de son acquisition. Plaisanta-t-il, en lui montrant la photo de la prison.

Elle apprécia le canular et ria à l'idée que Jim veuille rénover ces lieux, pour y habiter. Elle lui prit la photo des mains et repartit auprès de ses copines, avec des blagues en tête.

Moky, sage, gambadait entre les tables, dans l'espoir de récupérer quelques miettes, tombées. Jenny était heureuse de sa petite réception. Tout se déroulait comme elle l'avait souhaité. En outre, la déclaration qu'elle avait faite à ses amis était passée presque inaperçue. Christopher, de retour, à ses côtés, s'accommodait très bien de cette nouvelle situation et n'hésitait pas un instant à se montrer démonstratif, sous les yeux de leurs hôtes.

— Chéri ! Voyons ! Nous ne sommes pas seuls.

— Certes ! Mais fiancés ! dit-il en guise d'excuse, avec un sourire narquois.

Jenny, exceptionnellement, accepta quelques légers débordements, dans la limite du respectable. Alan, assoiffé, était revenu auprès des tables, pour se resservir un verre. Machinalement, il écoutait sa petite femme, blaguer sur la photo.

— Alors là, vois-tu Lauren, c'est la cuisine ! Et en face, le séjour en mode « sauvage ».

Les filles se prêtaient bien à la plaisanterie et riaient facilement de ses sottises.

L'après-midi passa à une vitesse folle. À regret, chacun dut repartir chez soi. Alan expliqua à Christopher qu'il restait étroitement en contact. Ce dernier, d'un clin d'œil et d'une inclinaison de la tête, acquiesça.

— Sans être désobligeante, j'ai le sentiment que vous nous préparez encore quelque chose, de pas très légal. Proclama Carol, avant de monter dans la voiture.

Alan fit la sourde oreille, monta à son tour et démarra.

14

— Plan dangereux —

Elle faisait les cent pas, dans la pièce. Jusqu'alors, tout s'était déroulé comme prévu. Toutefois, elle était contrariée. L'assurance, dont elle avait fait preuve dans son dernier délit, s'évanouissait, comme neige au soleil. Elles avaient une nature arrogante et il leur était inconcevable qu'il y ait une faille dans le plan.

— Arrête de marcher, comme ça ! Tu vas finir par me stresser !
— Je n'y peux rien ! C'est la situation qui veut ça !
— Tu es certaine de ne pas avoir perdu la clé ?
— Oui ! Sinon, comment expliques-tu qu'il n'y ait que l'étui ?
— C'est ce Katerman, j'en suis sûr ! Ajouta-t-elle.
— Et alors ? Que risque-t-on ? Cette clé lui est d'aucune utilité. Expliqua-t-elle, accompagné d'un sourire sarcastique.

— Ne sois pas stupide ! Tu sais bien que si on se fait pincer, je ne donne pas cher de notre peau ! L'organisation aura vite fait de mettre un contrat sur nos têtes. Avec l'autre imbécile de Fisher, on ne risquait rien. Mais, avec lui, c'est différent, il est malin ! La preuve, il a découvert notre repère.

L'autre femme, plus calme, finissait par admettre qu'il y avait une grande part de vrai dans ses propos.

— Certes ! Mais, laisse-moi réfléchir ! Pour l'instant, je reste insoupçonnable.

Elle se mit à raisonner à voix haute.

— Fisher ne voit que par Katerman. Donc…

— Oui ?

— Donc, il faut le court-circuiter !

Elle marcha à son tour dans la pièce et c'est en voyant tous les tableaux, au sol, posés contre le mur, que l'idée lui vint.

— Je sais ce que nous allons faire !

Quelques jours plus tard :

Accroupie, Carol grattait énergiquement de sa petite binette, la terre. Alan, quelques pas derrière, l'observait en souriant de la voir, dans cette curieuse posture. Moky faisait des bonds, il prenait cela pour un jeu.

— Que fais-tu ma belle, plantée là, dans tes fleurs ?

— Je désherbe mes « Rosa », comme tu peux le constater.

— En d'autres termes, petits arbrisseaux épineux appelés singulièrement « rosiers » ! Ajouta-t-elle, avec un grand sourire.

Ding Ding !

Soudainement, la clochette d'un vélo sonna, derrière la clôture. Carol se releva et aperçu le large sourire de la factrice.

— Bonjour madame Smith !

— Heu ! Bonjour !

— Vous êtes prête ?

— Oui, allez-y ! Lui répondit-elle, les bras écartés comme un gardien de but.

La factrice lança le journal par-dessus la clôture. Carol le rattrapa facilement. Alan ne s'attendait pas à ce genre d'expédition. La préposée poursuivit sa tournée.

— Tiens, mon chéri ! Ton journal ! Moi, je vais finir de désherber ce coin.

Alan prit le journal, le mit sous le bras et rentra dans la maison. Il décrocha le combiné et appela Christopher. Cela faisait, à présent, plus d'une semaine, qu'il lui avait cédé la clé. Chaque jour, sans bonne nouvelle, c'était un crève-cœur pour lui.

— Allo ! Christopher ! C'est Katerman ! Alors ? Quoi de neuf ?

— Désolé, monsieur Katerman, mais toujours rien. Pourtant, j'ai fait plusieurs copies de la clé, pour ensuite en distribuer une, à chacun. Rassurez-vous, je connais la personne qui a fait les clés. Elle est muette comme une tombe. Donc à plusieurs, à ce jour, nous avons essayé, sauf erreur, plus de quatre cents maisons.

— Quatre cents maisons ! Et la clé n'en ouvre aucune ?

— Non !

Alan resta muet quelques instants.

— Bon ! Je te remercie, Christopher. Je te laisse.

— Désolé, monsieur Katerman ! Bonne journée.

Il raccrocha avec dépit. Il avait cru tenir une piste sérieuse et tous ses espoirs s'écroulèrent d'un coup. À cet instant, Carol apparut.

— Tu en fais une tête ! Pas de mauvaises nouvelles, j'espère ? s'inquiéta-t-elle, le voyant à côté du téléphone.

— Non ! Non ! Rassure-toi ! C'est Robert qui me convoque dans son bureau, pour ce soir.

— Ah ! J'avais peur que ça soit en rapport avec le petit Tom.

— Tom ? Mais ce garçon est guéri ! Je suis sûr qu'en ce moment même, il fait du vélo. Tiens ! Comme la factrice ! répondit-il, en souriant.

— Désolée ! Toi qui d'ordinaire es si souriant. Enfin, bref !

— Pas de souci, ma chérie ! Je vais dans le garage, j'ai des bricoles à faire.

— OK ! Je vais faire un gâteau, moi, pendant ce temps-là.

Il avait donné comme prétexte de faire du bricolage, en fait il préparait, en secret, sa nouvelle expédition sur l'île « rocher ». Pour la sécurité de sa petite femme, il avait préféré lui mentir. Au lieu de se rendre chez Fisher, il irait sur l'île. Il espérait, ainsi, découvrir un nouvel indice, pour les besoins de l'enquête. Il restait sur ses convictions que si cela n'aboutissait pas pour le moment, c'était par manque de chance, simplement. Après avoir préparé son sac, il proclama à voix basse :

— Il ne faut pas que j'oublie ma lampe torche, dans le pick-up !

Le soir venait vite, il avait un peu le trac. Conscient des risques qu'il allait prendre, malgré tout, il suivit son plan. Discrètement, il mit le sac dans le pick-up. Carol ne se doutait de rien.

Toc toc toc

— Bonjour Alan !

— Robert ? Mais que fais-tu là ? Tu as l'air réjouissant en plus.

— Oui ! C'est ta petite femme qui m'a dit que tu étais là. Comme j'ai une bonne nouvelle à t'annoncer, je suis venu, au plus vite. Proclamait-il, avec un large sourire.

Alan ne comprenait pas trop et cherchait, en scrutant le visage du policier, des réponses. Étonné, il attendait d'en savoir plus.

— Je t'écoute, Robert ! Qu'as-tu à m'annoncer ?

— Ça y est !

— Quoi « ça y est ! » ?

— L'affaire ! Les vols de tableaux ! On a trouvé le coupable ! dit-il, empreint de gaîté.

Alan ne l'avait jamais vu comme ça. Il était méconnaissable. Cependant, une enquête qui dure depuis presque un an, on pouvait comprendre son soulagement. Il allait révéler l'auteur, mais Alan intervint, sur-le-champ.

— Désolé, Robert ! Mais, je préfère qu'on en parle à l'extérieur. Si Carol apprend qu'il est question de cette enquête, elle ne va pas apprécier.

Fisher parut un peu déçu, sur le coup, puis fini par être compréhensif.

— Oui ! Tu as sans doute raison, allons au bureau.

— Si, ça ne te gêne pas, je prends ma voiture et je te suis.

— Comme tu veux, Alan. Allons-y.

Alan appela Carol, pour la prévenir. Elle ouvrit une fenêtre.

— Je vais y aller, ma chérie !

— D'accord ! Eh ! Monsieur Fisher ! Ne me le confisquez pas toute la soirée, quand même ! dit-elle, avec un demi-sourire.

— Promis, ma belle ! Bonne soirée. Répondit-il en montant dans sa voiture.

Alan restait dubitatif vis-à-vis du dénouement de cette enquête. Sans douter des capacités de son ami, de mettre fin aux agissements de ce brigand, ça paraissait invraisemblable. Il avait hâte d'arriver au poste, pour découvrir ce coupable. Quelle erreur avait-il commise, pour se faire prendre ? Aussi, il se gara au plus vite et rejoint Fisher, à son bureau.

— Voilà, Alan ! Comme tu peux le voir, celui qui est à l'origine de tout ça, est actuellement interrogé par Brooks, dans la pièce à côté.

Sans même le voir, les voix étaient assez audibles pour être reconnues.

— Tu es en train de me dire que Duncan, c'est lui, l'auteur des vols ?

— Tu parais surpris. Tu étais le premier à le déclarer coupable, si j'ai bonne mémoire. Répondit-il, avec un regard narquois.

— Certes, mais après une discussion avec lui, j'ai compris que je faisais fausse route.

— Que tu doutes ou non de sa culpabilité, j'ai une preuve ! On a retrouvé chez lui une toile volée. Brooks a eu un peu de chance, c'est possible.

— Les apparences sont contre lui, mais sans vouloir prendre sa défense, tu te trompes de bonhomme. Il n'a pas du tout le profil. Proclama Alan, dépité par une telle nouvelle.

Il aurait vivement souhaité le contraire, que le brigand soit enfin, sous les verrous. Mais, là, il n'y croyait pas du tout.

— Je vais te laisser, je rentre à la maison. Ajouta-t-il, le regard baissé, ça ne l'intéressait plus de rester.

— OK ! Comme tu voudras, mais crois-moi, je reste convaincu que c'est lui.

Au volant de son pick-up, il était déçu. Il marqua une pause, avant de démarrer et convint de revenir à son plan initial. Bien sûr, conscient du mensonge qu'il réalisait, il espérait revenir avec une preuve, concrète, pour être pardonné. Il souhaita que Carol ait cette compréhension. Sans perdre un instant, il gara le véhicule sur le port, prit la lampe torche et son sac, puis courut jusqu'au « Baby Blue ». Maintenant, habitué à l'embarcation, il lui fallut peu de temps pour prendre la direction de l'île. Par chance, il était aux premières loges, pour profiter d'un beau coucher de soleil. Parce qu'en pleine mer, l'air frais se faisait ressentir, il préféra mettre son coupe-vent. À l'approche de l'île, il décéléra, puis immobilisa le bateau. Seul, face au danger, l'adrénaline augmentait. Les pieds dans l'eau, il fut saisi un instant, tant c'était froid. Toutefois, il n'eut pas de difficulté à grimper la corde à nœud, jusqu'au sommet de la dune. Puis, il reprit sa route, jusqu'à la clôture. Là, obligatoirement, il alluma, quelques secondes sa lampe, pour retrouver l'ouverture dans le grillage. Une fois fait, il la franchit à nouveau et s'enfonça dans la forêt. Il était très concentré sur ses gestes et s'efforçait de faire le moindre bruit possible. Il avait une bonne mémoire du parcours à faire. Progresser dans la nuit n'était pas si compliqué.

Ce fut à une centaine de mètres, de la soi-disant prison, qu'il commença à percevoir le bruit régulier d'un moteur. Dans un sens, ce son masquait ses pas. Il profita de ce petit vacarme, inopiné, pour avancer à vive allure. De nouveau, il se trouva caché derrière un arbre, s'accroupit et observa. Il y avait une vingtaine de mètres qui le séparaient du baraquement. Le bruit du moteur était plus fort, à présent. Il distingua de la lumière, provenant de la petite ouverture, située dans le bureau. Alors, tout en se courbant le dos, il marcha jusqu'à cette ouverture. Sur place, sans un mot, il rampa méticuleusement. Il se disait qu'avec un peu de chance, il pourrait voir l'intérieur, sans être vu. Il ne regrettait pas d'être venu seul, car trop dangereux à ses yeux pour sa petite Carol. Il fallait accomplir quelques centimètres pour, enfin, découvrir le mystère de cette île. Il retenait sa respiration, son cœur battait à tout rompre. À la fois, prit par la peur et l'excitation grandissante, de ses grands yeux écarquillés, il observait. Une femme, de dos, était assise au bureau, en train de se servir de la machine. Parce que trop longs, d'un geste de la main, elle replaçait, constamment, ses cheveux en arrière. À côté d'elle, à ses pieds, un petit groupe électrogène générait l'énergie nécessaire pour l'éclairage et l'alimentation de son mécanisme. Soudain, il ressentit une forte douleur derrière la tête, puis ses paupières se fermèrent.

— Monsieur Fisher ? Bonsoir, c'est Carol. Vous m'excuserez de vous appeler, si tardivement, mais vous m'avez promis de me rendre mon homme, pas trop tard !
— Eh bien, oui ! C'est ce que j'ai fait ! répondit-il, surpris.
Elle ne comprenait pas et Fisher non plus.
— Ah ! Il n'est pas rentré ? Ou est-il alors ?

Alan ne s'est aperçu de rien, ni de la fouille de ses vêtements, ni de son transport dans une pièce.
— Que fait-on de lui ? Il t'a vu ! Non ?
— J'étais de dos ! Je ne pense pas. Pff ! Il a fallu que cet imbécile vienne, jusqu'ici !
— Il faut agir, vite ! On va s'inquiéter de son absence, la police va rappliquer.

— Pas de précipitation, surtout ! Je n'ai vu personne d'autre. Il agit peut-être en solitaire.

— Qu'est-ce que ça change, pour nous ? Vu sa réputation, toute la population va le rechercher, quitte à fouiller toutes ces îles.

La femme la plus calme s'efforçait de réfléchir. Elle devait trouver la solution, la plus adéquate, à la situation. Soudain, on entendit un hélicoptère s'approcher. Le bruit de l'appareil envahissait les lieux. Une des deux femmes sortit une arme et braqua l'homme évanoui. Elle regarda sa complice et chercha son approbation, dans ses yeux. Les secondes qui suivirent passèrent pour une éternité. Sans décision nette, elle rangea son arme et les deux femmes quittèrent la pièce.

La nuit était un précieux atout, pour les deux malfaitrices. Une fusée éclairante fut lancée. Ensuite, il y eut des échanges de coups de feu, pendant quelques minutes. Cependant, elles réussirent facilement à se fondre dans le noir et s'enfuir des lieux. Entre-temps, Alan avait réussi à rouvrir les yeux. Lentement, il se passait la main sur la nuque, une douleur était omniprésente. Toutefois, il lui était impossible de se lever, il ne sentait plus ses jambes. Brusquement, la porte du bureau s'ouvrit et le sergent Brooks fit son apparition.

— Ah ! Vous voilà, Katerman ! Vous allez bien ?

Il s'approcha de lui et délicatement, essaya de le mettre debout.

— C'est dangereux, ici ! Il faut partir.

Puis, vint Carol, à son tour. Elle avait les yeux larmoyants, choquée par les évènements, mais heureuse de retrouver son homme. Brooks, qui avait une bonne constitution physique, réussit à le sortir de la pièce.

— Ça va mon chéri ? Tu vas bien ?

Alan faisait tous les efforts pour recouvrer ses esprits. Soudain, Fisher, l'arme au poing, arriva à son tour.

— Brooks ! Je vais m'occuper de lui, allez rejoindre les autres. Les garde-côtes arrivent, vous repartirez avec eux. Ordonna-t-il, s'épongeant le front, tout en sueur.

— D'accord ! Pas de souci. Prenez soin de vous, monsieur Katerman !

Sans perdre un instant, il partit en quête des canailles.

— Rassure-toi, Alan, tu es sauvé ! On va repartir en hélicoptère ! Cria Fisher, en s'approchant de l'appareil.

On installa Alan à l'arrière, Carol aux petits soins, à ses côtés.

— On a réussi à blesser un des deux brigands ! Précisa Robert, resté au sol.
Alan confia quelques mots, à l'oreille de sa chérie. Elle s'adressa au shérif.

— Vous êtes sûr ?
— De quoi ? D'en avoir blessé un ? Oui ! Il y a du sang sur la roche. Pourquoi ?

Alan, qui avait entendu, se confia, à nouveau, à Carol.

— Il souhaiterait qu'on fasse un prélèvement du sang.

Fisher étonné, dans un premier temps, fini par accepter la demande.

— D'accord ! Carol ! Dites-lui que ça sera fait. Et maintenant, il faut partir.

15

— Nouveaux départs —

Elle l'avait accompagné jusqu'à la chambre. Pour les circonstances, on lui avait attribué sa journée. Il hésita un moment, puis se décida à entrer. Elle attendit à la porte. De son pas lourd, il se rapprocha du lit.

— Bonjour Alan ! Comment vas-tu ?
— Ah ! Te voilà, Robert ! Ça fait plaisir de te voir. Dit-il, en essayant de se redresser.

Il se cala un oreiller dans le dos.

— Je te dirai que tout va bien, si je n'avais pas ce terrible mal de tête. Ajouta-t-il.

Le shérif remonta légèrement le store, jeta un œil à l'extérieur et prit une chaise.

— Tu as eu de la chance ! Ça aurait pu mal finir ! dit-il, en s'asseyant.
Alan restait muet et contemplait, au-dehors.

— Je ne sais pas si je dois te crier dessus ou te féliciter. Aller tout seul, sur cette île maudite, faut être fou ! Je t'avais dit de me prévenir si tu trouvais quelque chose.

De par la fenêtre, il était convaincu qu'une belle journée se profilait. Puis, il s'adressa à son ami.

— Comment as-tu su, que j'étais parti sur cette île ?

— Pff ! C'était simple ! Ton petit bateau avait disparu du port. Donc, par déduction, on a pensé aux îles.

Puis, il pencha la tête, comme s'il réfléchissait à ce qu'il allait dire.

— Cependant, je dois t'avouer que tu avais raison ! Duncan n'est en rien dans cette affaire.

Un sourire malicieux se dessinait sur le visage du malade.

— Tiens ! Je ne sais pas ce que tu vas faire de ça. Si ça peut te servir, après tout.

Il avait posé sur la petite table, à côté du lit, une fiole.

— C'est le prélèvement de sang, comme tu avais demandé. Ajouta-t-il, en se levant.

— Merci, Robert.

Une aide-soignante entra dans la pièce et insista auprès du policier de partir. Alan devait se reposer.

— Oui ! Oui ! Je vais partir ! Juste une minute !

Alan murmura quelques consignes à la femme, en lui remettant la fiole. Réticente, elle quitta la pièce.

— Qui sont ces personnes ? Les as-tu attrapées ?

— Je ne sais pas grand-chose, pour l'instant. Il s'agit de deux femmes. Un de mes sergents, en a blessé une, à la jambe. Elles ont réussi à prendre la fuite en bateau. Jusqu'alors, elles restent introuvables.

L'hôpital, implanté sur les hauteurs, dominait la région. De la chambre, on avait une vue admirable sur la côte et les îles.

— Pour moi, c'est un nouveau départ, dans cette affaire. J'ai une équipe sur place, qui prend les empreintes et qui fouille toute l'île.

Il descendit le store.

— Voilà, Alan ! Je vais te laisser. J'avais des questions, mais ça sera pour plus tard.

Il quitta la pièce et s'adressa à celle, qui attendait patiemment son tour.

— Ne soyez pas trop dure avec votre homme. Il a cru bien faire.

L'aide-soignante pria la jeune femme de revenir en début d'après-midi, car on lui avait administré un tranquillisant. Il devait dormir. Compréhensive, elle quitta l'hôpital.

De retour chez elle, ça lui faisait drôle d'être seule. Dehors, Moky attendait patiemment son maître. Pour se réconforter, elle donna quelques coups de fil, à ses amies. Entendre une voix familière, rassurante, était toujours de bon effet. Puis, elle mangea un morceau, à contrecœur, car pas d'appétit. Ce n'était pas tant son escapade qui la décevait, mais plutôt le fait qu'il l'ait mise à l'écart. Elle voulait en comprendre la raison. Enfin, fut venue l'heure des visites.

Arborant un joli sourire, elle entra dans la chambre. Alan, sans un mot, fit un signe de tête et une grimace des lèvres pour se proclamer coupable. Carole l'avait déjà pardonné et le regard qu'elle lui portait était bien plus pourvu d'amour que de rancune.

— Alors, comme ça, tu es mon nouveau pensionnaire ! Ne crois-tu pas que je n'ai pas assez de travail ?

Plaisanter, c'était sa nature.

— Après tout, mon chéri, je ne t'en veux pas ! J'ai bien réfléchi. Obnubilé par cette enquête, c'était plus fort que toi ! Il te fallait retourner là-bas.

— Oui ! C'est ça même, et tu dois m'en vouloir.

— Je t'en veux, seulement, de m'avoir écarté, de tes excursions. Tu n'as pas confiance en moi ?

— Il ne s'agit pas de cela. Répondit-il, en baissant les yeux.

Elle constatait que la question le dérangeait, mais elle insista. Elle voulait savoir d'où vient cette volonté de se mettre en danger, inutilement.

— Alors, explique-moi ! Si je compte dans ton cœur, tu ne dois rien me cacher.

Il y eut un silence d'une bonne minute, puis il reprit.

— Après tout, tu as le droit de savoir. Je ne suis pas l'homme à mettre sur un piédestal, comme tu peux l'imaginer. Pour mieux comprendre, il faut revenir à une bonne quinzaine d'années. À cette époque-là, j'étais avec Leslie, et nous étions fiancés, depuis peu. J'étais heureux ! C'est vrai. Tout était bien. Faut dire que je ne faisais pas grand-chose, je n'étais pas très sérieux. Comme les jeunes de mon âge, tu me diras. Mais, bon ! Je me suis, toujours, senti responsable du drame, que je vais t'annoncer. Aujourd'hui, encore, je me sens coupable. Carol écoutait, ne souhaitait pas intervenir, ne pas interrompre son discours. Elle voulait comprendre.

— C'était peut-être une soirée comme les autres, mais celle-ci était trop arrosée. Leslie et moi, avions chacun notre moto et nous étions, il est vrai, un peu casse-cou. Et ce soir-là, il y a eu cet accident, terrible, avec le camion. Un accident mortel.

Après un silence de quelques secondes, il reprit.

— Je ne sais pas comment, je m'en suis sorti. Je n'ai pas de souvenir. Je me suis retrouvé à l'hôpital, sortit du coma. Pour Leslie, malheureusement, elle n'a pas survécu.

Il avait les yeux larmoyants, provoqués par ce souvenir.

— Depuis ce jour, je me suis juré de devenir quelqu'un, d'être utile. Alors, j'ai étudié et je suis devenu chirurgien, pour sauver des vies.

— Pas n'importe quel chirurgien ! Tu es l'un des meilleurs du monde ! Se permit de préciser Carol.

— Certes, mais depuis ce jour, je me sens responsable de cet accident.

— Je comprends mieux, maintenant, mon chéri ! Mais, tu ne dois pas te sentir fautif. Cette jeune femme était majeure et responsable de ses actes. Tu dois, dès à présent, faire le deuil de cet amour, si tu veux avancer dans ta vie. Proclama Carol, d'un ton sincère. Malgré l'aspect dramatique de ces secrets, elle conservait un visage souriant.

Alan était comme choqué de cette déclaration. Il avait, peut-être, besoin d'entendre ces mots-là.
— Crois-tu que Leslie apprécierait que tu sacrifies ta vie, pour elle ? Honnêtement, je ne pense pas.
Il n'avait jamais vu cela, sous cet angle. Il restait songeur de cette remarque.
— Ma chérie ! Si tu me le permets, je vais me reposer à présent.
— Oui ! Je comprends. Repose-toi ! Je passerai plus tard.
Elle lui adressa un tendre baiser sur le front et quitta la pièce, contente de ces révélations.

Pendant le trajet, elle repensait à Alan et ses confidences. À présent, tout était clair. L'acharnement dans l'enquête policière, pour dénicher le coupable, ou bien la volonté de réussir tout ce qu'il entreprend, c'est simplement pour lui, un moyen de se rattraper de ses erreurs de jeunesse. Quelle absurdité ! Pensait-elle, respectueusement parlant. Bien sûr, elle ne lui en voulait pas. Agir de la sorte, à ses yeux, c'était une grande preuve de sensibilité. Cela la rendait encore plus amoureuse, de son homme. Alan devait sortir, sauf contrordre, le lendemain. Elle était bien décidée à le faire s'installer définitivement à la maison. Pour cela, il devait récupérer quelques affaires dans la résidence de Fisher. Puis, une fois fait, la lui rendre.

Lorsqu'il fut de retour à la maison, elle avait tout planifié, afin qu'il puisse profiter d'un repos bien mérité. Au programme : Cocooning. En d'autres termes, un après-midi télé, dans le canapé, et surtout loin de toute contrariété. Mais entre les vœux et la réalité, il y a parfois, quelques différences. On sonna à la porte.

— Excusez-moi, madame Smith, de vous déranger. Mais, pour les obligations de mon enquête, j'aurai quelques questions à poser à votre protégé. Expliqua Fisher, sur le seuil de la porte.

— Je suis navrée, monsieur Fisher, mais Alan à besoin de repos. Répondit-elle, espérant sa compréhension.

Du salon, il entendait tout.

— Je comprends, mais j'insiste. C'est le seul témoin oculaire et j'ai besoin d'entendre son témoignage.

— Laisse-le entrer, ma chérie ! Je vais répondre à ses questions.

Fisher profita de cette approbation pour entrer dans la maison. Elle le suivit, dans ses pas.

— On avait dit « du repos », mon chéri ! dit-elle, tout fort et avec une pointe de désappointement.

— Je comprends, mais Robert a raison. Si je recule cet interrogatoire, ma mémoire risque de me faire défaut.

C'est ainsi qu'il passa plus d'une heure à répondre à tout un tas de questions ; La plupart étaient liées à la description de l'occupante, dans le bureau. Fisher n'était pas pleinement satisfait, car peu d'indices récoltés.

— Bon ! Je te remercie, Alan ! Je te souhaite un bon rétablissement.

Il se leva et quitta la maison. Elle l'accompagna, jusqu'à sa voiture. Puis, une fois parti, elle se précipita au salon.

— Enfin ! Nous sommes tranquilles ! dit-elle, en se jetant sur son homme.

Elle affichait son beau sourire.

— Doucement, ma chérie ! Ce n'est pas encore la grande forme.

Elle avait prévu que le restant de la journée soit très calme. Collés l'un à l'autre dans le canapé, ils regardèrent la télé. Soudain, de nouveau, on sonna à la porte.

— Si c'est ce Fisher, je l'assomme ! s'écria-t-elle, en se levant.

Elle ouvrit la porte énergiquement, ce qui effraya un instant la jeune femme qui se tenait à l'entrée.

— Jenny !

— Heu ! Oui ! On ne te dérange pas, j'espère ?

Derrière elle, il y avait Christopher et Lauren.

— Heu ! Non ! Entrez ! répondit-elle, en masquant difficilement sa déception.

— Tu es sûre ? C'est parce que nous voulions prendre des nouvelles de ton chéri. Tu comprends. Ajouta-t-elle, en marchant vers le salon.

Très rapidement, la petite troupe s'installa sur les poufs, fauteuils, autour de notre héros du jour. Ce dernier s'excusa auprès de Christopher pour avoir

pris son bateau, sans sa permission. À leurs yeux, ce détail était sans importance. Ce qui comptait, surtout, ce fut les risques encourus sur cette île, plus particulièrement au moment où il fut prisonnier par ces deux brigands.
— Ce sont des femmes alors ? Vous les avez vues ?
— Malheureusement, Christopher, je n'ai pas vu grand-chose.
— Tu as de la chance, ma belle ! Tu vis avec un aventurier, un homme qui a le goût du risque. Je t'envie, quelque part. Dit Jenny, la cigarette à la main.
— Ce n'est pas avec ses tableaux, que je vais m'évader et braver le danger. Ajouta-t-elle.
— As-tu fini ? C'est vouloir risquer sa vie et me laisser morte d'inquiétude. He bien, très peu pour moi ! Lui répondit-elle.
Alan s'assoupissait de temps à autre.
— Carol, nous allons te laisser, ton homme est fatigué. Intervint Lauren.
— Oui ! Je vous remercie d'être venus. C'est gentil. On se reverra très bientôt.
Elle les accompagna jusqu'au portail. De retour, à la maison, Alan s'était endormi.

Le lendemain, il avait retrouvé une bonne partie de ses capacités, ce qui réjouissait sa douce. Il avait convenu que c'était le moment, dans sa vie, de faire une rupture avec son passé douloureux. En conséquence, il devait s'obliger à se préoccuper uniquement du présent. Il était donc favorable à l'idée de s'installer chez Carol et de rendre la maison à son propriétaire.

— Chérie ?
— Oui !
— Je vais chez Fisher, prendre le restant de mes affaires. Sur place, une fois fait, je le contacterai pour lui rendre ses clés. D'accord.
— Très bien ! Bonne initiative. En t'attendant, je vais faire un peu de place.

Le cœur léger, il se rendait chez Fisher. Au volant de son Pick-up, il appréciait cette petite brise, iodée, sur son visage. S'être confié auprès sa chérie, c'était comme un soulagement, comme une porte qu'il ferme définitivement. Le temps était idéal pour un déménagement. C'est donc, avec empressement, qu'il se gara, devant la propriété.

— Tu restes là, Moky ! Je reviens, je n'ai que quelques trucs à prendre.

Souriant, il se précipita jusqu'à l'entrée et ouvrit la porte. Précisément, à ce moment-là, son sourire disparut et laissa la place à une certaine inquiétude. Aussi, sans perdre un instant, il entra et décrocha le téléphone.

— Allô ! Robert ? C'est Katerman !

— Ah ! Alan ! Comment vas-tu ? Tu vas rester tranquille, j'espère ! dit-il, sur le ton de la plaisanterie.

— Désolé, Robert, mais j'ai quelque chose d'important à te dire. Faut que tu viennes, chez toi, au plus vite.

— Tu me fais peur, Alan. Ne bouge pas ! J'arrive !

Alan raccrocha et commença à inspecter, pièce par pièce. Il connaissait bien les lieux, mais sans plus. Il avait besoin du propriétaire pour répondre à ses questions.

Dix minutes suffirent à Fisher pour rejoindre sa maison. Alan, l'attendait, tranquillement, dans le vestibule. Volontairement, il avait lâché son chien, dans la propriété. Robert était accompagné de Jim.

— Alors, Alan ! De quoi s'agit-il ?

Il était essoufflé et s'épongeait vigoureusement le front, de son mouchoir.

— Regarde ! Par erreur, je me suis servi de la clé que j'ai trouvée sur l'île.

Alan ouvrait et fermait la porte avec la clé. Robert ne comprenait pas.

— Tu es en train de me dire que la clé que tu as trouvée dans la prison, elle ouvre ma maison !

— Oui ! Incroyable, non ?

— Tu peux le dire ! Je ne comprends rien.

— Justement, Robert, il va falloir que l'on sache la raison qui poussait ses brigands à vouloir venir chez toi.

— C'est très juste, ce que tu dis ! Mais, je n'ai pas de toile de maitre, il n'y a rien de valeur chez moi.

— Il y a sûrement, quelque chose, qui a de la valeur. Je pense qu'il faut inspecter ta maison, de fond en comble.

Fisher était abasourdi, de cette nouvelle. Il ne s'attendait pas à ce que sa maison se retrouve au cœur de sa propre enquête. Il avait hâte de résoudre ce mystère, avant que cette affaire lui échappe, complètement.

— Tu as raison, je mets les scellés, de suite. Cet après-midi, avec quelques hommes, on fera une fouille approfondie. Mais, quelle histoire ! s'exclamait-il, nerveux.

16

— La maison de Fisher —

Fisher se balançait dans son fauteuil. La tête camouflée, dans l'épaisse fumée de son cigare, il réfléchissait. De ses gros doigts, il tâtait la fameuse clé, posée sur son bureau. Katerman, adossé contre un mur, lisait les faits divers.

— Tu vois Alan ! Cette clé, elle est récente.
Il s'arrêta de se balancer et se pencha, pour observer le chirurgien.
— Voilà, maintenant, pratiquement un mois que tu vis chez moi. Ce n'est pas un hasard.
— De quoi parles-tu ?
Katerman plia le journal et prit une chaise.

— Je pense que ce n'est pas ma propriété qui est visée, mais toi ! répondit-il, en le dévisageant.
Alan exprimait plus de l'étonnement que de la crainte.

— Réfléchis, un peu ! Tu commences à occuper une place importante, dans cette affaire. Tu deviens « gênant » ! Ajouta-t-il, en tapant du poing, sur cette dernière réplique.

Il se leva, marcha et sortit son mouchoir pour s'essuyer la nuque. Tout en regardant par la fenêtre, il poursuivit.

— Tu es novice dans le métier. Agir discrètement, c'est tout un art. Je m'en veux de t'avoir mis dans ce pétrin. C'était une erreur ! Maintenant, ça devient trop dangereux ! Aussi, j'ai décidé de te mettre à l'écart. Tu vas devoir repartir, quitter la région.

Alan était hébété, ne s'attendait pas à une telle nouvelle.

— Je suis au courant des relations, qui vous unissent toi et Carol Smith. Je ne suis pas un idiot, ni un monstre. Mais, comprends bien, que pour votre sécurité, c'est préférable ainsi.

— En venant dans ta région, je n'aurai jamais imaginé mettre en danger Carol et ses amis. Expliqua Alan, sincèrement.

À cet instant, le téléphone sonna. Le shérif décrocha, nerveusement.

— Oui, Fisher ! Ah ! C'est toi, Brooks ! Alors ? Oui ! D'accord. Ah, bon ! Tu es sûr ?

Alan s'était relevé, un peu comme sonné.

— OK ! Je te remercie. Tu peux renvoyer l'équipe. Ordonna-t-il et raccrocha.

Apparemment, ces nouvelles le laissaient perplexe. Songeur, il se caressait le menton. Sans même lever la tête, il sentait bien le regard de Katerman.

— Bon ! Je dois t'avouer qu'actuellement, j'ai mis une patrouille chez madame Smith et une chez ses amis. Depuis les évènements de l'autre nuit, sur l'île, une organisation va probablement chercher à supprimer ou kidnapper ceux qui sont mêlés, de près ou de loin, dans cette affaire. Donc, j'ai préféré prendre des précautions.

Alan se résigna à accepter cette décision.

— Ce n'est pas tout ! J'ai fait appel à une équipe de spécialiste, dans les explosifs. Ils ont fouillé toute ma maison, au peigne fin, ils n'ont rien trouvé.

Fisher ne cachait pas sa déception, il était persuadé que son raisonnement était correct.

— De plus, ils ont fait un relevé d'empreintes. Il y a les tiennes, les miennes, celles de Jim et de quelques amis proches. Ça ! C'est tout à fait normal ! Par contre, ils n'ont pas trouvé d'empreinte de quelqu'un d'étranger. Là, je ne comprends pas.

— Je ne suis pas surpris. Intervint Alan.

— Je t'avoue que je suis un peu perdu, là. On ferait peut-être mieux, de jouer carte sur table. L'heure est grave ! Si tu as une piste sérieuse, je suis preneur, mais tu n'interviens plus ! Est-ce clair ?

— Tu as raison, faut se faire confiance. Répondit Alan, en le fixant du regard.

— Je ne t'ai pas tout dit. J'ai gardé quelques secrets. Je ne sais pas si ça sera utile.

Il but une gorgée de bière, ralluma un cigare et poursuivit.

— Après les premiers vols, j'ai fait une enquête sur toutes les personnes qui ont des connaissances sur l'art et les peintures. Ça a été un long travail, de recherches, aussi bien du côté des hommes que celui des femmes. J'ai, ainsi, obtenu une liste d'une dizaine de personnes. Chacune avait un profil qui pouvait correspondre, dans ces cambriolages.

Il leva les yeux vers celui qui l'écoutait, avec attention.

— Est-ce que les noms de Milton, Wendrick et Pasko, te sont familiers ?
— Heu ! Non ! Je devrais ?
— Ah, oui, c'est vrai ! Tu es nouveau. Je vais te citer les prénoms. Tu vas mieux comprendre.
— Christopher Milton, Harper Wendrick et Lilian Pasko.
— Christopher ! Si tu fais référence à celui que je connais et que tu l'imagines un instant, suspect, c'est absurde ! s'exclama-t-il.
— Mais toute cette affaire est absurde ! Je n'ai épargné personne. Ça fait partie de mon boulot, c'est comme ça, que ça plaise ou non ! s'écria-t-il.
Il y eut un long silence.

— Concernant Harper Wendrick, c'est une femme qui occupe un poste administratif, elle fait plein de choses, mais aussi endosse le rôle de préposée. Tu as dû la voir, au moins une fois. Elle fournit les journaux et le courrier.
— Oui ! Je vois très bien. Je ne savais pas qu'elle est passionnée par la peinture.
— Et la dernière, Lilian Pasko. C'est une journaliste, elle va sur place prendre des

photos de la région et met son nez un peu partout.

— Et Alors ?

— Alors ! Rien ! J'ai fait suivre ce beau petit monde pendant un moment. Chacune avait un alibi, au moment des vols. Répondit-il, agacé.

— Voilà ! Tu sais tout, maintenant.

— Je suis persuadé que tu fais erreur. Il n'est pas nécessaire d'avoir une clé pour supprimer quelqu'un. Alors, je te demande une faveur. On suit mon idée ! Si je me trompe, dans ce cas je partirai de cette région, comme tu le souhaites.

Suite à cette demande, Fisher afficha un visage sévère.

— D'accord, si seulement, ce n'est pas dangereux !

— Il n'y aura aucun danger.

— Que faut-il faire alors ? Bougonna-t-il.

— Revenir à mon idée de départ, fouiller ta maison !

Fisher écrasa son cigare, marcha quelques pas et après un moment de réflexion, proclama :

— D'accord ! Mais, si on ne trouve rien, tu prends le premier avion. Moi, cette affaire je la céderai à mes supérieurs.

L'après-midi était bien avancé. Fisher contrôlait ses cartons au rez-de-chaussée et Alan, à l'étage. La maison était sens dessus dessous. Jim jouait avec le chien à l'extérieur. Ça faisait plus d'une heure qu'ils inspectaient partout. Une petite pause s'imposait. Robert proposa une bière, qui fut acceptée bien volontiers. Carol avait été informée que son homme était de mission dans cette maison, pour les besoins de l'enquête.

— Elle va finir par me tuer, ta petite Carol, si tu passes tes journées dans cette affaire. Proclama Robert, en réajustant son chapeau. Il s'efforça de sourire.

— C'est pour la bonne cause. Elle ne dira rien.

Robert but la moitié de sa bouteille, d'un trait, sous les yeux ébahis de son hôte.

— Je n'ai rien trouvé à l'étage. Par contre, j'ai vu une trappe pour accéder au grenier. Qui y a-t-il, là-haut ?

— Pas grand-chose, je m'en rappelle plus trop. Tu souhaites y aller ?

— On ne doit rien négliger, Robert !

Effectivement, la persévérance finit par payer. Alan, trouva une petite boîte en fer, rouillée, fermée à clé.

— C'est quoi, cette boîte en fer ? Cria-t-il du grenier.

Fisher monta à l'étage et lui répondit sur la première marche de l'escabeau :

— Il me semble que ce sont les affaires de mon prédécesseur. Je n'avais pas la clé, j'ai gardé la boîte, par respect.

— Apporte-moi une tenaille, qu'on voit à l'intérieur.

Fisher s'exécuta et apporta rapidement l'outil. Alan força la serrure qui ne tarda pas à céder. Il ouvrit la boîte. À l'intérieur, il y avait des documents, jaunis par le temps, des croquis, des plans, principalement liés aux îles. Il continua l'inspection, avec précaution, pour ne rien abîmer. Il trouva une feuille sur laquelle, il y avait une liste de noms.

— Alors ? Qui y a-t-il à l'intérieur ?

— J'ai trouvé quelque chose d'intéressant ! Je descends. S'exclama-t-il, sans dissimuler sur son visage, le plaisir de cette trouvaille.

Ils étalèrent les papiers sur la table du séjour. Fisher n'eut aucun mal à reconnaître les plans détaillés de la prison, de l'île « rocher ». Selon lui, ces documents étaient confidentiels. Mais le plus important était celui qui faisait mention des bagnardes, incarcérées sur cette île, il y a plus de dix ans. Ensemble, ils scrutèrent, ligne à ligne, la liste de noms et prénoms associés. Soudain, Fisher en désigna une, du doigt.

— Regarde Alan ! Ahurissant, non ?

— Effectivement ! Je ne crois pas aux coïncidences. Proclama-t-il, souriant.

— Toutefois, ce n'est pas le même prénom. Une parente ou bien une sœur.

— On peut imaginer tous les scénarios, Robert. Une chose est sûre, c'est ce document qu'on cherchait à récupérer. Afin de ne pas pouvoir remonter jusqu'à elles.

Fisher réfléchit, marcha un peu dans la pièce et alluma un cigare.

— Mouais ! C'est possible. En admettant que tu aies vu juste. C'est quoi la suite de ton plan ?

Cette surprenante découverte lui redonnait le sourire.

— Avant tout, j'aimerais que tu m'en dises plus sur cette femme, qui travaille dans Bluetown, cet homonyme.

— Comme je te l'ai dit dans mon bureau, c'est une experte en tableaux. Elle a même obtenu de la considération auprès de la population, bien qu'elle ne soit pas professionnelle. Je peux t'affirmer qu'elle pourrait facilement, repérer des toiles de valeur.

Il tira une grosse bouffée de son cigare et ajouta :

— Sans vouloir te faire de la peine, cette femme a toujours eu un alibi. Machinalement, il regarda Moky qui jouait, toujours dehors, avec Jim. Un détail lui revint soudainement.

— Ça me fait penser à quelque chose !
— Quoi donc, Robert ?
— Il s'agit du soir de la fusillade, sur l'île. Le sergent qui a blessé la femme, m'a révélé avoir reconnu Harper Wendrick.

Il se retourna et poursuivit.

— J'ai pensé que c'était une erreur. La nuit, tous les visages se ressemblent. Mais, maintenant, avec cette liste, c'est différent.

Alan finit sa bière et rangea les documents.

— Que vas-tu faire Alan ?
— Écoute-moi ! Je veux que tu convoques, pour demain matin, cette Harper Wendrick. Je dois m'absenter là, j'ai quelque chose à faire, sans tarder.

Il quitta la pièce, les documents sous le bras.

— Mais tu vas ou, là ? s'inquiéta Fisher.
— Fais-moi confiance ! Que Jim garde Moky, on se retrouve demain dans ton bureau.

Il était déjà sorti de la propriété.

— Sois gentil, supprime le véhicule de patrouille, en faction au domicile de Jenny. S'écria-t-il, avant de monter dans son pick-up et démarrer précipitamment.

17

— La convocation —

En ce début d'août, il faisait un temps magnifique. Les estivants étaient au rendez-vous, dans les rues. Bientôt dix heures, Fisher et Katerman préparaient dans la pièce du fond, leur stratagème.

— On progresse, mon cher Alan ! J'ai trouvé un dossier sur cette Tessa Wendrick. Proclama Robert, en allumant un cigare.

— Regarde par toi-même ! Tu apprendras qu'elle a participé à des délits et recels. Elle a purgé une peine de trois ans d'emprisonnement. Elle connaissait bien cette prison, sur l'île « rocher ».

Katerman lisait le rapport, consciencieusement.

Soudain, quelqu'un entra dans le bureau. Brooks vint accueillir la personne et la pria de patienter. Le sergent s'adressa à Robert.

— Monsieur Fisher ! Il y a une femme au nom de Wendrick, qui est là.

— Je sais ! Je l'ai convoquée. Fais-la entrer.

Le shérif avait fait un effort de rangement, son bureau était méconnaissable. De plus, c'était un jour particulier, car avec l'aide du praticien, il tenait une piste. Robert commencerait l'interrogatoire puis, Alan, le poursuivre.

Brooks proposa une chaise et la femme s'assit face au shérif. Alan était dans un coin de la pièce, adossé contre le mur, tel un simple spectateur. Robert finit de lire son document et s'adressa à la personne.

— Bonjour, madame Wendrick.

— Bonjour, monsieur Fisher.

— Je vous ai convoquée parce que j'ai quelques questions à vous poser.

— Des questions ! À quel propos ?

— Mais j'oublie les bonnes manières, pardonnez-moi ! Voulez-vous une tasse de café ? Une bière ?

— Heu ! Une tasse de café. Merci ! Je suis surprise d'être convoquée.

— Le cigare ne vous dérange pas, j'espère. Demanda Robert, en faisant un signe à Brooks, pour le café.

— Non du tout ! Au contraire, j'aime cette odeur.

Brooks apporta le café. Il y eut une bonne minute de silence et de dégustation, puis la femme reposa la tasse.

— Vous êtes gauchère ! Proclama Alan.
— Pardon ? Heu ! Est-ce un problème ? répondit-elle, en s'adressant à Katerman.
— Ah ! Je ne vous ai pas présentée ! Excusez-moi ! Mais vous connaissez sûrement monsieur Katerman.
— Heu ! Il me semble l'avoir vu, chez madame Smith.
— Oui ! Tout à fait. Il est là pour me donner un coup de main. Ça ne vous dérange pas ?
— Si vous me disiez de quoi il s'agit, je pourrai peut-être vous aider. Dit-elle, en les fixant du regard.
— Déjà que je ne comprends pas ma présence, ici.
— Vous êtes ici dans le cadre d'une enquête et nous souhaiterions votre soutien. Expliqua Fisher avec un sourire sincère.
— Ah ! Vous faites, assurément, référence à tous ces vols de tableaux, dans notre région. Bien sûr, monsieur Fisher ! Si je peux vous aider.
— Connaissez-vous Brent Duncan ?
— Brent Duncan ! Heu ! Non ! Je ne connais personne de ce nom, désolée, monsieur Fisher.

Cette question lui fit perdre son sourire.

— On a retrouvé une toile volée chez lui.

— Ah ! Alors, vous avez trouvé le coupable ! C'est bien ! En quoi puis-je vous être utile, dans ce cas ?

— Le souci, c'est qu'on a trouvé des empreintes sur la toile, différentes de celles de Duncan. Informa Alan.

Sur cette information, le visage de la femme se blêmit d'un coup.

— Voyez-vous ! Dit Robert, en rallumant son cigare qui s'était éteint.

— Avec ces nouvelles empreintes, ça innocente, sur-le-champ, cet individu.

— Oui, je comprends ! Dans ce cas, le voleur court toujours. Mais que puis-je faire, pour vous ?

Insidieusement, de la nervosité se manifestait chez la femme. Elle tapotait du pied. Alan la rassura, en lui expliquant que les empreintes correspondaient, en tous points, à celles d'une délinquante.

— Voyez ! J'ai dans les mains un dossier qui comporte les fichiers d'empreintes. Ajoutait-il.

— Est-ce que vous connaissez votre homonyme, madame Tessa Wendrick ?

Demanda Robert, en allumant un nouveau cigare.

— Bien sûr, que je la connais ! C'est ma sœur ! s'exclama-t-elle, surprise de cette question.

— Poursuivez !

— Que voulez-vous savoir ? J'ai coupé les ponts, il y a bien longtemps. J'ai perdu contact avec elle, depuis qu'elle a basculé du mauvais côté. Elle n'a jamais valu grand-chose.

— Oui, je comprends ! Vous avez bien fait, c'est tout à votre honneur. Aussi, vous comprendrez que pour votre bien, vous innocenter dans cette affaire, il est nécessaire de prendre vos empreintes.

Harper Wendrick ne prononça aucun mot.

C'est à ce moment, précis, qu'Alan déposa une petite fiole, sur le bureau. Il apporta quelques précisions :

— Voyez, madame Wendrick, nous avons, par chance, récupéré un prélèvement de sang, d'une des malfaitrices, le jour de leur fuite, sur l'île « rocher ».

— Pourquoi vous me montrez ça ? Je n'ai jamais été sur cette île et comme vous pouvez le voir, je n'ai aucune blessure. Ce n'est pas mon sang ! s'exclama-t-elle, en se levant.

— Mais, je suis entièrement d'accord avec vous, madame Wendrick. Ce n'est pas votre sang, mais celui de votre sœur jumelle ! dit-il, en observant sa réaction.

— Vous conviendrez dans ce cas que vous n'avez aucune crainte à avoir si je vous effectue une prise de sang. Une façon pour vous de vous innocenter et reporter les torts sur votre sœur Tessa.

La femme fut perplexe sur ces paroles.

— Ou voulez-vous en venir ? Que je vous dise, à contrecœur, que seule ma sœur est responsable dans votre enquête ? Vous savez fort bien, en tant que médecin, que nous sommes de vraies jumelles, que nous avons les mêmes empreintes et le même code génétique. Dit-elle, nerveusement.

— Comprenez, madame Wendrick, cette convocation est nécessaire pour déterminer des vérités. Intervint Fisher, pour calmer la femme qui perdait patience.

— Je comprends, mais je n'ai rien à voir dans cette histoire, voyez avec ma sœur ! répondit-elle, en se levant.

Elle se dirigea vers la sortie. Alan fit un signe à Fisher.

— Madame Wendrick !

Elle se retourna.

— Une dernière chose ! Approchez !

À cet instant, Alan fit un signe à Brooks. Ce dernier installa deux chevalets et sur chacun une toile.

— Madame Wendrick. J'ai fait part à monsieur Katerman de vos talents dans le monde de la peinture et de l'art en général. Il éprouve, sincèrement, de l'admiration pour vous.

— Je vous remercie, monsieur Katerman. Exprima-t-elle, avec un sourire forcé.

— Oui ! Je suis informé de votre réputation, à ce propos. C'est donc la raison pour laquelle, je voudrai vous demander une petite faveur. Voyez, il y a ici, sur ces chevalets, deux toiles. Il y en a une qui n'a aucune valeur et l'autre a été peinte par un maitre. Aussi, je suis convaincu que vous n'aurez aucune difficulté à distinguer la toile de maitre.

— Approchez, madame Wendrick ! Dites-nous laquelle est issue d'un maitre ! Renchéris Fisher.

Elle observait les deux toiles, de sa main, elle tâta du bout des doigts, précautionneusement, les différents reliefs des peintures. Après réflexion, elle désigna du doigt, celle de droite.

Aussitôt, Alan fit un signe à Brooks. Celui-ci, sans le moindre état d'âme, menotta la femme. Puis, il suivit la procédure d'arrestation, en emmenant l'inculpée, de force, dans la pièce voisine.

— Je me suis trompée, c'est l'autre toile ! Criait-elle, d'où elle se tenait.

— Vous êtes arrêtée pour vols, agression et tentative de meurtre. Vous avez le droit de garder le silence. Tout ce que vous direz, pourra être retenu contre vous. Vous avez le droit à un avocat, sinon il vous sera commis d'office.

Pendant que son subordonné prenait la déposition, Fisher était abasourdi de ce qui venait de se passer. Il ne savait pas s'il devait crier victoire. Il lui semblait avoir omis quelque chose, il ne comprenait pas.

Alan contemplait les deux toiles, accompagné d'un large sourire. Fisher s'approcha et fit de même.

— Ne trouves-tu pas que notre brave Christopher fait des efforts dans ses peintures ?

— Tu veux dire qu'il n'y a aucune toile de maitre !

— Oui ! Aucune ! Ce qui m'a permis de piéger notre malfaitrice, qui est en fait madame Tessa Wendrick.

À cette annonce, Fisher était médusé.

— Oui ! La personne qui est venue à ta convocation est Tessa Wendrick et non Harper Wendrick.

— Mais pour quelle raison sa sœur a pris sa place ?

— Tout simplement, parce que c'est Harper Wendrick qui est blessée à la jambe. Elle n'a pas pu venir. Aussi, sa sœur devait prendre ce risque de la remplacer. Elles ont l'avantage d'être de vraies jumelles. Probablement des jumelles « miroir » ou dans ce cas l'une est droitière et l'autre gauchère, à vérifier. Quoi qu'il en soit, elles ont les mêmes empreintes digitales et le même code génétique. D'un point de vue scientifique c'est impossible de les différentier. Elles se sont servies de cette particularité pour se créer, l'une, l'autre, un alibi.

— Impressionnant ce que tu m'expliques là, Alan.

— Leur plan était parfait. La préposée repérait, par le biais de son travail, les maisons isolées et vides. Puis, par ses connaissances en peintures, elle dénichait des perles. Pendant ce temps, sa sœur fabriquait une clé pour pouvoir s'infiltrer dans la propriété et commettre le délit.

— Mais, qu'est ce qui les a perdues, alors ?

— Pour cela, il faut savoir ce qui différencie de vraies jumelles. Sache que c'est le mode de vie et les passions. Ce sont ces différences qui ont provoqué leurs pertes. Tessa Wendrick n'y connaissait rien en toile de maitre.

Fisher était pantois par tant de mystères résolus.

— Toutefois, Alan, sans vouloir atténuer ton triomphe. Tu as eu de la chance ! En effet, lors de la fusillade, si on avait blessé Tessa, comment aurais-tu fait pour incriminer sa sœur Harper ?

— Ha ! Ha ! Ha ! Je m'attendais à cette question. Réfléchis Robert ! Tu ne peux pas discriminer Harper Wendrick. Son rôle était indispensable, pour repérer les toiles. La preuve, sa sœur en est incapable. Répondit-il avec un regard plein de malices.

— Leur plan fonctionnait à merveille. Pourquoi elles ont pris le risque de mettre une toile volée chez Duncan ? Pourquoi elles ont pris le risque qu'on y trouve leurs empreintes ? Il n'y a qu'une seule explication : elles ont eu peur qu'on découvre que Tessa a séjourné dans cette prison, qu'elles sont sœurs jumelles et de ces faits qu'on les suspecte. Aussi, elles ont décidé, à tort, de nous envoyer sur une fausse piste, celle de Duncan.

Fisher était admiratif d'un tel esprit logique et la façon dont son ami désarticulait tous les éléments de l'enquête.
— Non ! Non ! L'une ne pouvait se passer de l'autre. Elles ont voulu avoir l'alibi parfait et c'est cet alibi qui les a perdues. Confia Alan, en rangeant avec précaution les tableaux.
— Il ne te sera pas compliqué de secouer un peu cette Tessa, pour qu'elle parle et dise ou sa sœur blessée, s'est réfugiée. Les tableaux volés, à ce moment-là, ne seront pas loin. Ensuite, pour ce qui est de cette organisation, charge à tes supérieurs de s'occuper de ça.

Fisher demeurait stupéfait de l'assurance, de l'aplomb et de la maîtrise avec laquelle le brillant chirurgien avait résolu cette enquête.

— **Épilogue** —

Postée aux commandes du Baby Blue, de son bras tendu vers l'avant, une petite brune, toute contente, jouait la navigatrice. Son homme, à ses côtés, observait sa conduite, non sans une certaine inquiétude. À l'arrière, sur les banquettes, il y avait nos fidèles aventuriers, accompagnés de Moky. En outre, Robert Fisher et son fils avaient accepté cette promenade en mer. L'enquête, au niveau du shérif, était résolue. Les sœurs Wendrick étaient derrière les barreaux et une partie des peintures retrouvée. Concernant ce trafic de tableaux et l'organisation affiliée, cette nouvelle enquête était dans les mains des autorités supérieures.

— Je suis bien content d'être venu, mais je ne sais pas si nous allons rester vivants, longtemps ! Proclama Robert, en pointant du doigt Jenny.
Les tangages provoquaient le mal de mer.
— Si on s'en réchappe, on ne craindra plus rien ! Ajouta Alan, moqueur, accompagné d'un grand rire.

— Vous n'avez pas fini ! Je trouve que Jenny se débrouille très bien. Intervint Carol.

Sans dire un mot, ils ne se gênèrent pas de ricaner, de temps en temps. Puis soudain, à l'approche du rivage, Robert dans un murmure, s'adressa à Alan.

— Dis-moi, Alan ! Je ne sais pas ce que tu vas entreprendre dans les semaines, les mois suivants, mais…
— Mais ?
— Sache qu'il y a une place de shérif adjoint. J'ai bien réfléchi et je suis persuadé que tu possèdes le profil, pour ce poste.

Christopher avait stoppé le bateau, sur la belle plage. Carol se leva et prit Alan, par la main.

— Oui ! Eh bien, en attendant, notre shérif adjoint va se faire un plaisir de venir s'amuser.

Il n'eut pas le temps de réfléchir, il devait suivre l'allure que lui imposait sa chérie. Robert se leva, mit ses mains en porte-voix et s'écria :
— Réfléchis à ma proposition, Alan !

En guise de récompense, Fisher avait donné son autorisation, pour occuper, à eux seuls, la belle plage de l'île « rocher ».

Ce privilège était accordé, pour une seule journée. Toutefois, il avait imposé de ne pas aller au-delà de la dune.

— C'est chouette, p'Pa ! Tu as vu la dune, elle apparait énorme ! s'exclamait Jim.

Dans cette immensité sablonneuse, il y avait quatre serviettes étalées. Les femmes bronzaient sur cette plage paradisiaque et les hommes marchaient dans cette eau claire et chaude. Moky pataugeait avec joie, auprès d'eux. À une distance d'un mile, il y avait le ballet incessant des bateaux croisières.

— Eh p'Pa ! J'ai pensé à une idée, pour cette île « rocher ».

À sa physionomie, Fisher paraissait dubitatif sur ce que son fils allait lui annoncer.

— Détrompe-toi, Robert ! Jim a de bonnes idées. Rassura Alan.

— Imagine que nous installons une sorte d'escalier, pour grimper jusqu'en haut de la dune. Puis, qu'on prévoit une ouverture dans la clôture. On pourrait, ainsi, faire visiter la forêt et la prison, aux estivants. Bien sûr, en préservant les lieux tels qu'ils sont ! expliqua Jim.

— Tu vois ! Je t'avais prévenu ! Il a de bonnes idées ! ajouta Alan, en souriant.

Robert ne savait pas s'il fallait prendre ces illuminations au sérieux, ou non. Dans le doute et parce qu'il avait bonne humeur, il obtempéra.
— Hum ! C'est à réfléchir.

Ils profitèrent, tous, de cet après-midi sous un beau soleil. Toutefois, une question demeurait sans réponse, pour le moment :
Alan avait, de nouveau, été appelé, dans le cadre de son travail, pour une opération délicate. Son départ s'annonçait imminent. Tout le monde était au courant. Sa tendre Carol, allait-elle l'accompagner et éventuellement vivre, d'autres aventures, à ses côtés ?

Les meilleurs enquêteurs n'ont pas encore, à ce jour, découvert d'indices importants, pour répondre à cette question.

Achevé d'imprimer en Février 2021
Imprimé : BoD - Books on Demand,
Norderstedt, Allemagne
Dépôt légal Février 2021